わたしの
ハートブレイク・ストーリーと
11の殺人

——殺しちゃう。愛しているから

ミレーナ・モーザー 著

大串紀代子 訳

鳥影社

目次

わたしのハートブレイク・ストーリーと一一の殺人

——殺しちゃう。愛しているから

GEBROCHENE HERZEN ODER MEIN ERSTER BIS ELFTER MORD
by Milena Moser

Published by arrangement with the author through Mohrbooks AG, Zürich,
and Meike Marx Literary Agency, Japan.

男を見つけた

わたしは男を見つけた。探したからじゃない。男を一人見つけたのだ。ほとんど毎日、いろんなものを見つけてるのと同じに。ボタン、コイン、曲がった鍵、おもちゃのフィギュア、メモの切れ端、ビー玉、いろんな色のガラスのかけら、ぼろぼろのダーツの矢、鳥の羽、薄暗がりでガラスかと思って拾った人造ルビー。そして、あの日、あの男。

あれは日曜日だった、と思う。日曜のはずだ。だって、日曜の朝早く起きるのは、この家ではわたしだけだから。教会には行かない。でも、そのふりはする。わたしは慎ましやかな身なりをする。とっても大きな襟がついた白いブラウス、濃い色のスカート、カーディガン、それに忘れちゃいけないのが小さな帽子に手袋。腕の下にはたっぷりしたバッグ。見つけたものを詰め込むために。こうしてわたしは日曜日には朝早く、家を出る。生真面目なオールドミスそのものだ。

とはいえ、実際にもそうなのだけれど。

それとも？

あの日曜日には、遠くへは行けなかった。わたしはあの家の一階に住んでいた。小さな、埃っぽい庭付き。でもわたしは手入れをしたことなんて一度もなかった。まず、靴が目にとまった。家の外壁わきの茂みに落ちていた。

靴だ！　なんて素敵なの！　靴を見つけたのは初めて！

わたしはそろり、と近づいた。悪くない。黒色で、先が尖っている。流行の紳士靴だ。よく磨いてある。身体をかがめて確かめたら、靴の中には足が、足だけじゃなく、わたしの拾い物、靴の所有者自身が庭にころがっていた。

少しボンヤリして、とりあえずバッグをパチンと閉めた。どうしよう？　持ち主がいない靴だったら、バッグに入れられたのに。正直言うと、なんとも言えないがっかりした気持ちが沸き上がってきた。こんなに素敵なものを見つけたのに！　このケチくさい世の中で。わたしはかがんで、靴の所有者を観察した。かなり若めで、保持状態もかなり良い。ただ、一部破損している。わたしの鼻判断では、中度のアルコール中毒だ。（わたしだって、まったくネンネってわけじゃない）。へこんだ気持ちが、攻撃心に変わった。男のくるぶしを摑んで、引っ張ってみた。そら！　動く！

　ゼイゼイ、ハアハアしながらわたしは男を家のドアまで引きずった。一息いれて、手の甲で額の毛を払った。詳しく言うつもりはないけど、わたしは訳あって女にしてはけっこうガッチリしている。家のドアを開け、廊下に男を引きずり入れると、また閉めた。念のため耳をすませたが、もちろんみんなまだ寝ている。

　早起き鳥はいいもの見つける。いや、いい人見つける。早起き鳥は……わたしは笑い出しそうになるのをこらえた。エイ、と力を入れ直す。今度は男の手首を掴んでうしろ向きで引きずって、わたしの部屋に向かった。手首を引きずるのは、足首と違ってなんだか人間臭い。とくに、靴下をはいている足首とは。

　男は一秒ごとに重くなった。でもわたしはガッチリしているし、その上、ガンコだ。とうとうやり遂げた。部屋のドアを足で蹴って閉じたとたん、全身から力が抜け、床の絨毯にへたりこんだ。静かだ。聞こえるのは自分の息だけ。違う、突然うめき声が聞こえた。わたしの口から出たんじゃない。そうすると……心臓がすごい音で、口から飛び出しそう、いや、肋骨を折りそうに響く。神様！　イエス様！　ハイチ・ブンバイチ！　わたしは見も知らぬ男と一緒に床にころがっている！　それも飲んだくれて呻いている男と！　わたしは心臓をおとなしくさせるために、胸を押さえた。

落ち着いて！　落ち着いて！　第一に誰にも見られていない、第二にこの男には意識がない、第三に、これはわたしが見つけたんだ。わたしのものだ。戸棚にしまってあるいろんながらくたと同じだ。そうとう価値がある、あのルビーだって、わたしのものにした。だから。

平静なしるしに、わたしはゆっくり跪いて、彼を精密に観察した。かなり不快な臭いがする。思わず鼻をしかめた。衣服は比較的清潔だ。もちろんわたしが庭から引きずる前のはなしだが。シンプルな仕立てだ。ずんぐり体型、やや伸びてボサボサした褐色の髪、分厚い口ひげ。つまり、ちょっと独特な男。あまりわたしのタイプではない。でも、拾得物の場合は別だ。好みで探すってわけにはいかない。そうでしょ？

求める者は見いだす。

求めよ、さらば……

世間の人はそう言うんでしょう？　でも、わたしにはあてはまらない。わたしはこれまで何かを真剣に探したことなんてない。それでも素晴らしいものをたくさん見つけてる。よりによって、男を探すなんて、わたしは考えたこともなかった！

さあ、じっくりと。額に皺を寄せながら、わたしは男の観察を続けた。ただ、なんとなく自分に腹立たしかった。これじゃまるでオールドミスのカリカチュアそのまんまじゃないの！いったい、男がなんだってのよ！　ゼロよ！

これからが本番だ。冷静に、震えることもなく、わたしは男のワイシャツのボタンを一つずつ開いた。心臓はまだ打っているようだ。彼の胸に耳をつけて聞いたかぎりでは。彼の胸は、期待通り毛深かった。期待？　わたしが？　毛深い、というのは、ちょっと大げさかもしれない。胸毛の男って、よく小説なんかには出てくるけれど、正確なところはわからない。でも、わたしにとっては、この男の胸にはたっぷりの毛が生えていた。少なからず心が動いた。ツンとした匂いが立ちのぼった。よかった、この男はまだ生きている。

わたしは男の腹を平手で優しく叩いてみた。ほんの少し動いて、音もした。けれど意識は戻らない。わたしは彼のベルトをゆるめた。

これはそう簡単な作業ではなかった。紳士物のベルトは、女性用とは逆の向きにバックルを締めるから。ベルトを開くのに苦労した。少しイライラしたことも認める。結い上げた髪が崩れてしまった。でも、今は構っていられない。どうにかバックルを征服して、わたしはチャックを下ろした。これは簡単だった。

わたしはきゅっと空気を吸い、そのまま息を止めた。なんなの、これ！　こんなの、見たことない！　赤い小さな飛行機もようの黄色いパンツ！　こんなのがあるなんて、知らなかったどころか、夢にも想像していなかった！

わたしは上唇と下唇をぎゅっと締めて、男の上に深くかがんだ。目があんまりいいほうじゃないから。飛行機！　ほんとだ！　信じられなくて、わたしは頭を振った。その上、このパンツはなにかコーティングしてあるみたいに、光っていた。水泳パンツみたいに。かなりぴっちりしている。わたしはゴムの下に人さし指を差し込んで、二、三度パチン、パチンと弾いてみた。

そうよ！

決めかねてわたしは唇を何度も噛んだ。でも思い切り勢いをつけて、ゴムひもをちぎった。

そのとたん、わたしは背中を下にして、仰向けに床にころがった。誰かに突き飛ばされたみたいに。誰かが突き飛ばしたのだ！

呆然として頭を起こし、両ひじで身体を支えた。男が意識を取り戻したらしい。それにしても、一番まずい瞬間に。よろっと男は立ち上がり、ふらつきながら服を着ようとしていた。髪の毛はかきむしったみたいにバラバラに下がっていた。瞳は焦点が合っていないガラス玉。なんだかパニック状態みたいだ。彼はすばやくワイシャツのボタンを締めた。今になって気がついたけれど、ワイシャツも黄色だった。つまり、彼はコーディネートしていたのだ。わたしはつい、吹き出してしまった。彼の目玉がこっちを向き、わたしはすぐに唇を閉めた。

信じられない。彼はつぶやいた。本当に信じられない。

そうして男は去った。

少しがっかりして、わたしは部屋のドアを閉めた。男は開けっ放しで出て行ったから。この日、わたしはもう外出しなかった。

あの後も、わたしはいろんなものをたくさん見つけた。面白いものもあった。プラスチックの骸骨とか。これはキーホルダーに使える。でも、あの男みたいにワクワクするものは、あれ以後一つとしてなかった。

わたしの第一の殺人

わたしが最初に人殺しをしたのは、一三歳の時だった。

あれは、なんというか、頭の上に天が落ちた日だった。そういうことは、しょっちゅう、あった。定期的に。もちろん殺人じゃない。でも、朝ベッドから落ちて足をくじいて、お気に入りのブラウスが見つからなくて、そのくせ新しいニキビは見つかって、ママとけんかして、櫛は髪の毛にひっかかる、そういう日。みんなうまくいかない。

だからってあの特別の日、人殺ししようなんて、思っていたわけではない。あの日はそういう始まり方で、目覚ましが聞こえなかった、というおまけまでついていた。六月の水曜日だった。すばらしいお天気。学校には遅刻だ。かまやしない。学校なんて大嫌い。世界中が憎い。わたし自身が一番嫌い。

それにしても、不幸な一三歳の子供たちが殺人を犯さないのは、なんでだろう。もしかしたら、そっと隠れてやっているのかも。わたしみたいに。完全殺人に一番ぴったりな年齢！　少なくともわたしには誰も、ゴールドの青春、とか、フォー・エバー・ヤング、なんて言ってほしくない。永久に一三歳、とか、一五歳とか一七歳のままでいるなんて、想像するだけで恐ろしいパニックだ。それだけはいや！　かんべんしてよ！

もちろん、どうしようもなく幸せで満足している一三歳や一四歳もいる。たとえばわたしの友達のバルバラ。バルバラはうちと同じ通りの少し下に住んでいて、通りの角のところでよくわたしを待っていてくれた。わたしたちは並んで自転車を走らせた。彼女はいろんな話をした。自分の兄弟たちのことや、ブラのこと、男の子のキス、ハンドボールの試合、生理パッド、秘密のタバコ、どれもこれもみんなわたしには無縁だった。その逆に、わたしの生活にもバルバラが全然知らないことがいっぱいあった。真夜中のラジオ、居間で聞くんだけど、それからふくれたニキビ、手編みの毛糸のパンツ、生まれつきのどもり、どんどん太くなるお尻、それにママ。こうしてわたしたち、バルバラとわたしは補い合っていた。バルバラのことが特別好きだったわけじゃない、どうしてあんな子……でも彼女はわたしと口をきいてくれた。バルバラは一こ年上だったから、これは時間の問題なんだ、と思い込もうとしたこともあった。来年になったら、とわたしはバルバラの横でうつむきながら自転車をこいだ。黙りこくって、羨ましくって狂いそうになりながら、来年になれば、来年になればわたしは全スポーツクラブのアイドルになって、そうしてアルフレッドが毎朝迎えにきてくれる、と考えたりした。アルフレッドはあの頃新しく越してきた男の子だ。初めのうち彼はわたしを家まで送ってくれた。でも本当は、わたしを通じてバルバラのハートにたどり着こうとしただけだ、とわたしも間もなく気づいた。

ここの話とバルバラはあんまり関係ない。いずれにしろ、彼女はまだ生きている。つい最近彼女をショッピングセンターで見かけた。髪の毛を赤っぽいブロンドに染めていた。ひどい姿。バルバラのことはこれで終り。

あの朝、もちろんわたしはひとり、自転車に乗って学校へ向かった。うつむいて、肉がいっぱいついた太腿を見ながら。赤と白の大きな横縞の模様だ。この靴下を選んだのはママだ。ママはけっこう年取ってる。元々は息子がいた。でも一二歳で肺炎で死んでしまった。生きてれば、わたしの兄さんだ。だからママはすごい心配性になった。上へ、また下へ、と規則的に動く太腿を見つめながら、学校の教師のことを考えた。わたしのことを嫌っている。わたしがどもるたびに起こる笑い声。遅刻だからみんなの視線を浴び、押しつぶすような静けさの中で席につかなくてはいけない。決めた。学校には行かない。まっすぐ走って、森に行くことにした。

決心したら、とても気持ちよくなった。森についたら、木に登ろう。木の上でおやつのパンを食べるんだ。突然すてきな日になった。思わず歌い出しそう。わたしは森に近づいた。遠くから彼らの姿は見えた。森で働く男たち。彼らは道のはじっこでシャベルに寄りかかって、わたしを物珍しそうに見つめている。サドルの手が緊張する。唇を噛みしめ、まっすぐ前だけを見て走った。男は三人だった。通り過ぎる時、男たちははやし声を上げ、口笛を吹いた。別に大声だったわけではない。というより、めんどくさい義務だからやった、というふうだった。わたしは真っ赤になって走り抜けた。

森の中をしばらく走ってから、自転車を止めて、降りた。苦しい息をしながら木に寄りかかった。この瞬間、わたしは殺人を決めた。殺人、といえるのは、わたしが故意にやったからだ。その程度の情報はわたしだって知ってる。

決めていたとおり、木によじ上り、おやつのパンを広げた。落ち着いて、静かな気持ちだった。ここからは遠くまで良く見える。わたしは男たちがやる気がなさそうに林道整備をしているのを見ていた。まもなく男たちはシャベルを投げ出して、身体を伸ばし、苔むした地面に身体を投げ出すようにして食事を始めた。太いソーセージ、パンの塊り、赤ワインのリットルびんを数本。仰向けの一人が帽子を顔の上へ引っ張った。びんはみんな空になってころがっている。じきに三人ともぐっすり寝てしまったようだった。

わたしは木から降りて、男たちに近づいた。とくべつ静かにする必要なんてなかった。帽子を顔にのせて寝ている男の上にかがみこんだ。わたしは大きな石を両手で頭の上まで高く持ち上げ、それを帽子の上に落とした。帽子の下から不愉快な音が洩れた。石をまた持ち上げたら、その下にはぐちゃぐちゃしたものがあった。他の男たちはまだ寝ている。わたしは帽子をどけてみる勇気がなかった。目にするのが怖かった。石はとても重くて持ち続けられない。手が振え、痛くなった。わたしは大きなため息をついたのかもしれない。横に寝ていた男が動いた。まだまぶたはふさがって眠っているのに、その下で眼球がぴくぴくした。わたしはパニック状態になって、石を落としてしまった。石はわたしの右足一ミリのところに落ちた。突然シャックリに襲われた。ヒック。わたしは逃げ出そうとした。

二人目の男が上半身を起こした。目をこすってわたしを見ている。わたしは固まった。ヒック。

でも、わたしは気がついた。この男が何にも分かっていないことに。目を覚ましたら、そこに丸ぽちゃの女の子が立っている。相棒がたった今叩き殺されたなんて、どうして想像できるだろう？　男はニャッと笑った。わたしもニャッと笑い返した。ヒック。男はわたしに手を伸ばした。汚い手。どうしたらいいのか分からなかった。この人はわたしをどうするつもりなんだろう？　誘いに乗れっていうのだろうか？　わたしは一歩、うしろに下がった。

おい、起きろよ、と男は相棒の肩を揺すった。これ見てみろよ！

あの男は、そんなこと、しないほうが良かったのだ。揺すられた男はぐったりして横にずれ、帽子が森の大地に落ち、顔が現れた。もう、顔じゃなかったけれど。どう見ても、顔じゃない。男は荒い音を出して、自分の喉を押さえた。わたしはおとなしく、ほんの少し吐きそうになりながら目を伏せた。その時、三人目の男も目を覚ました。なんてことだ。

どうしたってんだ、と男は寝ぼけながら聞いた。まだ酔っぱらっているようだ。

わたしはため息をついた。わたしも同じこと、聞きたかった。こうなるなんて、想像もしていなかった。

このスケベ野郎！　二番目の男は叫んで、三人目を殴りつけた。てめえ、何しやがったんだ！

スケベ野郎という言葉を聞くのは初めてだった。本で読んだことはある。なんだか古くさい響きがある。シャックリはいつのまにか消えていた。わたしは家に戻りたくなった。そっと一歩ずつ、うしろに下がった。

男たちの殴り合いは本物になった。ナイフが光るのも見えた。もう長くはかからない。わたしはしゃがんで、右腕を何度か伸ばした。

思った通り。まもなく男二人は地面にころがっていた。血だらけで、ゼイゼイしながら。わたしは持っていた石でやつらを殴って、殴って、殴り続けた。腕がちぎれそうになるまで。少したってから、わたしは自転車に乗って、家に戻った。

森林労働者三人の残虐殺人事件で、大騒ぎが起きた。もちろん未解明のままだ。「復讐殺人」という噂がたった。

そう、その通りだ。

洗うまでの不安

彼女を食事に誘った時、それがどういうことなのか、彼は想像もしなかった。

今晩？　と彼女は困ったように聞いた。電話を握りしめる手が震えている。

都合悪い？

そんな、そんなことないの。どこへ行くの？

ティア・ブションなんかどう？

彼女は目を閉じた。フランス語の名前のレストラン。まだ行ったことない。

どうしよう。彼女は深く息を吸った。

すてきだわ、と彼女は言った。

迎えに行こうか？

よかった、助かった。彼女は気持ちが明るくなる。ええ、お願い、と叫んだ。けれど、なぜか彼には聞こえなかったようだ。
それとも直接レストランで落ち合おうよ、と彼はくったくなく続ける。八時でどう?
彼女はチラと時計を見た。五時半。大丈夫。二時間で不安が大きくなることはない。

八時ね。いいわ。
よかった、と彼は言う。

彼女は何を言えばいいのだろう?
うれしいわ、とだけ言って受話器を置いた。

あと二時間。彼女は髪の房を噛んで、歯を少しずつ房の先の方に移した。頭の中がごちゃごちゃする。何を着ていこう?　まだ髪を洗う時間はあるだろうか?　新しい靴はきついし、黒いブラウスはまだ洗濯物の中だ……彼女はバスタブに湯を満たした。熱い風呂は神経を鎮めるから。シャワーよりもゆっくりできる。顔にパックをした。髪にも。熱い湯に首までつかる。香料が混ざった湯気が目に入って涙が出る。ゆったりしよう。

レストランに誘われると、彼女はすごく緊張した。婦人科の医者に行ったり、遊園地のお化け屋敷に行くより不安だった。今度のは特に悪い。知らない店だ。それに彼のこともよく知らない。アンディ、っていう名前。でもまだ二度しか会ったことがない。彼を見つけられるだろうか？　それとも、彼に気づかずに店の中を頼りなくウロウロするのだろうか？　きっととてつもなく大きいレストランだろう。眼鏡をしていったほうがいいかしら？　それとも、彼より先にレストランに行って、さっさとテーブルについて、メニューを読むふりをしながら彼を待つ方がいいだろうか？　彼がかがんで、彼女の頬にキスをするまで。それも、だめだ。高級レストランだと、ドアの後で目を光らせているボーイにつかまってしまう。

ご予約頂いてますか？

なんて答えればいいのだろう？　ええ。いいえ、わからないんです。

ご予約のお名前は？

彼の？　それとも彼女の？　予約してないかも。ボーイにつかまらないで、どこかテーブルにたどり着いたとしても、もし彼が先に来ていたら？　先に来て、彼女を待っているとしたら？

ちょっと引っ込んだ場所とか、店のずっと後の方で？　小部屋がたくさんあったり、何階もあるレストランだったらどうしよう？？？

洗顔タオルで彼女は顔を強くこすった。バスタブの湯が緑色になる。顔パックの跡がタオルにつく。髪の毛もよくすすいで、もう一回洗った。ゆっくりと。丁寧に。湯が汚くなった。立ち上がってシャワーを浴び、タオルで身体をくるんでバスタブから出た。あわてちゃ、だめ。彼女は二枚目のタオルで頭を包んで、濡れた足のまま部屋に戻った。キッチンの時計を素早く見る。六時一五分過ぎ。

彼より先に店に着くためには、七時半に家を出ればいい。まだ時間はたっぷりある。急におなかが鳴った。ちょっと頑張る気持ちで彼女は冷蔵庫からチーズを一かけら取り出す。ついでにワインも一杯。

あっという間に時間が過ぎた。もう七時二〇分過ぎ。それなのに、まだ服も着ていないし、髪もまだ乾ききっていない。タオルを落とし、洋服ダンスの扉をあわてて開けた。服をぐちゃぐちゃに投げる。八時一〇分前、タクシーを呼んだ。八時一〇分過ぎに、彼女はティア・ブションのドアを押した。

ご予約頂いてますか？

彼女は深呼吸をする。あの……待ち合わせで……彼女はどもる。

ヘレン！　ごめんね！　背後に温かい声がする。彼女は振り返った。

アンディが立っている。

ごめん！　遅れちゃったよ！

彼女の返事を待たず、彼は彼女の手をとって、空いた席に連れて行く。まるで鏡の中を通り抜けるみたいに。二人は席につき、ナプキンを広げる。目と目を見つめ合う。ボーイが来て、メニューを差し出す。

アペリティーフはいかがですか？

ここまでは、うまくいった。彼女はシャンパンを注文する。彼は少しの間、ためらう。

僕にも、とやっと言う。

ミスをしたんだろうか？　彼はシャンパンが好きじゃないのだろうか？　シャンパン好きの女は嫌い？　よかった、彼は微笑んでいる。彼女はほっとして、メニューに目を落とす。熱心に読んでいるふりをする。本当は彼女の心臓は破裂しそうだ。メニューでパニックになっているのだ。なんてたくさん並んでるの。今、選ばなくちゃいけない。急がなくちゃ。もうすぐボーイが来る。あなた、何にする？　彼女はどうでもいい、という調子で聞いた。

ああ、どうしようかな……君は？

彼女は答えなかった。ボーイがシャンパンを持ってきた。

お決まりですか？

いや、まだ。

彼が言ったので、彼女は少し安心する。

魚はどう？　彼が聞く。

え、好きよ。

彼は笑った。

二人は魚料理を注文した。一番難しいことをクリアできた。彼女は椅子にもたれ、シャンパンを飲みながら店内を見渡す。心配したほど大きい店じゃない。明るくて、かなり混んでいる。バーの前は人が鈴なりだ。空いてる席があって、運が良かったね、と突然彼が言った。

バーの前の人たちは、テーブルが空くのを待っているのだ。彼女の掌が湿った。彼女はタバコに火をつける。あっちを見ちゃだめ、見ちゃだめ、彼女は自分に言い聞かせる。

彼がお喋りを始めたので、彼女は少し落ち着く。彼は自分のエピソードを話す。二つ、三つ。彼女は笑う。彼はワインを注ぎ、彼女の手にそっと触れる。食事が運ばれてきた時には、彼女の不安はほとんど消えていた。

突然近くで大声がする。アンディは顔をしかめた。

何だろう？　彼は嫌な顔をした。夫婦喧嘩か？

彼女は彼の肩越しにそっちを見る。空のグラスが並んでいるバーの前で若いカップルが争っている。

予約ぐらい、しとけなかったの？　女はガミガミと叫んでいる。

後の方の席、もうすぐ空くさ、と男。

そのせりふ、もう一五分も聞いてるわよ！

ヘレンは無理して微笑もうとした。

そうかもね、とヘレンは彼に言った。彼は妙な顔をした。彼女の微笑は固まってしまう。彼は親指で彼女の手の甲を撫でた。

きみ、お腹、空いてないの？

彼女は半分残っている自分の皿に視線を向けた。そうじゃないけど、誰かがここが空くのをしつこく待っていると思うと、食べる気がしなくなる。

そうでもないけど、と彼女は言った。
デザートは？　アイスクリームはどう？
いえ、結構よ。

彼は肩をすくめて、残念だな、と言う。

彼女は必死に彼を見つめようとするが、どうしても後方の喧嘩しているペアのほうに視線が行く。

ね、きみ、どうしたのさ？　突然彼が言った。

彼女ははっと気を引き締める。

何でもない、何でもないわ。

彼女が瞳を上げると、喧嘩の二人は姿を消していた。彼女はやっと微笑む。

やっぱり、デザート、頂くわ。

いいね。僕も頼もう。

二人はゆったりとした笑みを交わす。

食事デートはほとんど終わりかけていた。たいした失敗もなく。彼女はどうやらやり通した。

でも、コーヒーが来る前に、彼女はどうしてもトイレに行きたくなった。しばらくの間、彼女は目を閉じていた。ああ、神様！　神様！　彼女は祈ったが、いつまでもは待てない。うろたえて店内を見渡す。それらしいのは後の方、薄暗い所。でも、ドアも階段も見えない。誰かが自分より先にトイレに立たないか、と待ってみた。そうすればせめてどこらへんかだけでも分かるんだけど。

僕の話、聞いてる？

少し困惑したような彼の声。

それとも？

すぐ戻るわ、と彼女は決心して立ち上がる。あわててスカートの端を椅子に引っ掛ける。赤くなって彼女はスカートを引っ張った。椅子が倒れなかったのは奇跡だ。よかった。でも、彼はもう笑っていない。うなだれて彼の横を通り過ぎ、バーすれすれに歩く。どこかにドアがあるはず。汗が吹き出る。通り過ぎるボーイを呼び止めた。

すみません！

ボーイには聞こえなかったらしい。テレ笑いを浮かべたまま、彼女は立ち止まっていた。バーの前の人々はびっくりして彼女を見つめているような気がする。

すみません！

やっとボーイが立ち止まった。

トイレはどこ？

囁くような声。ボーイは親指でカウンターの後を示した。

トイレのキーをもらってください。

彼女はうなずいて、待った。でも、誰も彼女に注意を払わない。キーはフックに下がっている。何度か手を伸ばしかけたが、ためらっていた。もし違うキーだったら？　次の瞬間、ドアを見つけた。思い切って押すと、暗くて、変な匂いと遠くの人声で一杯の廊下に出た。びくびくしながら歩き続ける。不安がふくれる。どこかにドアが二つ並んでいるはずだ。見分けにくい男と女の小さな絵が描かれた二つのドア。

何、探してるんです？

振り返ると、白い前掛けの太った男が立っている。

あの、トイレはどこですか？　小さな声で聞いた。

男は一瞬彼女をじっと見つめ、それから笑って彼女の肩を抑えた。

真ん前ですよ。

本当だ。目の前にドアが一つある。安堵して、涙が出そうになった。けれど、男は肩を放さない。男はドアを蹴った。突然強い光と、耳をつんざく騒音。彼女はたじたじとなった。

このお嬢さんが洗い物を手伝ってくれるってさ！　男はわめき声をあげて、彼女を男たちの真ん中に押し込んだ。一瞬静かになったが、すぐに大きな笑い声が響き渡った。彼女はレストランの洗い場の中央に立っていた。巨大な機械がうなり、洗い立てのグラスは湯気をたてて並んでいた。汚れた食器の山がいたるところに盛り上がっている。白い前掛けをした一〇人、いやもっと多くの男たちが働け、と彼女を威嚇している。

これは現実じゃない。彼女はそう思おう、とした。

二時間後、彼女は店に戻ってきた。両手は真っ赤、ドレスは汚れ、汗まみれの髪は額に張り付いていた。アンディはとっくにいなくなっていた。待っていてくれるなんて、期待もしていなかった。彼女はバーのカウンターに寄りかかって、きつい声でコニヤックとトイレのキーを命じた。

わたしの第二の殺人

わたしが二人目を殺すことになったのは、ほんとにたまたまだった。そもそも殺人だなんて言えないかもしれない。最初の人殺しのおかげで、わたしの人生はすっかり変わって、不安や苦悩から自由になれたんだし、ずっと幸せな、そう言ってよければずっと良い人間になれたんだから、今さら殺人なんてする必要がなかったのだ。そんなこと、考えもしていなかった。だからこそ、だ。

最初の人殺しをしてから、一ヶ月もたっていなかった。

でも、わたしを誤解しないでほしい。わたしは残りの人生を殺人者として生きたりしてなかった。あれはほんとに偶然だったのだ。それも、父親殺しだなんて。その時は父さんだとは知らなかったけれど。人生って、時としてまったく正義とはかけ離れている。

わたしは父親を知らない子供だった。やっと父親に巡り会えたその瞬間に、わたしはそいつを殺したのだ。それがはっきり分かった時、しんそこ怒りがこみあげた。でも、このひんまがった、チビの男、青いレインコートのこの男がわたしの父親だなんて、わたしに分かるはずもなかった！

あの日の午後、わたしは家にひとりでいた。ドアが鳴った。もちろんわたしは想像すること
もちょくちょくあった。もし……母がわたしに話してくれた父さんは、本物の英雄で、すごい
イケメンで、強くって、若々しくって、でも残念だけど（その先はいろいろだった。家庭があ
る人だった、金がなかった、短命だった、年取ったお母さんに逆らえなかった、秘密の指令を
受けて仕事に出ている、などなど。）母さんの気分次第で、父さんは俳優だったり、政治家だっ
たり、秘密エージェントだったり、もう死んでいたりした。わたし的には俳優バージョンが一
番気に入っていた。何時間もテレビの前に坐って、父さんを探すのは楽しかった。だから、わ
たしの父親像がチグハグだったとしても、驚くにはあたらない。ついでに言うと、母さんもデ
コボコした人だった。わたしを産んだ時には、もうけっこうな年だったし。最初に産んだ男の
子を亡くし、最初の夫も失った。その男は、もっと若いご婦人に気をひかれたから。母さんは
その男の話はあんまりしなかった。ごくたまにしても、どうでもいい、というふうだった。本
物の英雄、男の中の男はわたしの父だった。彼はいつかきっとわたしたちのところに戻って来て、
そうして……

ある日、彼は本当に来て、ドアの前に立っていた。
こんにちは、と彼は言った。ここはシュトゥーベンラウホさん？

ええ、とわたしは言って脇にどいて、彼を中に入れた。

男はわたしの横をすばやく通って居間に行き、ヤレヤレというため息をついてソファに身を沈めた。なんだか変だ、とわたしは男をにらんだ。

何だい？

それ以上男はわたしのほうを見なかった。

お茶をくれ、と男は言った。ぶしつけでもないし、頼むふうでもないし、尋ねる、というふうでもなかった。まるでわたしはいつも彼にお茶をいれる人間、という調子だった。

わたしはお茶を出した。

でも、母さんは今いないけど、と言って、こぼれそうなティーカップをテーブルの上に置いた。

彼はわたしを見つめた。

お前のお母さん？

男はもう一度聞いた。お前のお母さん？

信じられない、なんだか不愉快だ、というふうに、男は動揺していた。彼は目玉を上に向けて、ため息をついた。その瞬間、わたしがこの人の娘だってことが彼にもはっきりしたんだ、と悟った。だからなおさら彼の反応が憎らしかった。でもあの時わたしは、このへんてこりんな小男を、当然のように家のソファに坐ってお茶をすすって、わたしをいぶかしげにじろじろ見ているこの男を眺めているだけだった。わたしはイライラした。

何か用なんですか？　とわたしは少し無愛想に聞いた。

あー、おれは……男は額にしわを寄せてわたしを見上げた。まるでわたしを小馬鹿にするみたいに。それから彼は口を曲げてニャッとした。

ここはオレの家だ。

わたしは凍りついた。

でも……

お前も慣れるさ。これ、今日の新聞か？

彼はテーブルの上にあった新聞に手を伸ばした。昨日のだ。そんなことも気がつかないらしい。男は新聞を読み、茶をすすった。唇をピチャピチャさせ、歯をむき出している。入れ歯らしい。わたしは腕を組んで壁によりかかり、男を観察した。いやな奴、と思った。母さんは今いないんだけど、としばらくしてからわたしは繰り返した。

かまわん。どうせじきに戻ってくるさ。

うん、でも……

男は新聞を置いて、イライラしながらため息をついた。

邪魔しないでくれよ。新聞を読んでるのが分かるだろ？

わたしは肩をすくめ、黙ったまま向きを変え、わざとゆっくり台所に入った。彼はそれにも気づいてないようだった。とっくにまた鼻を新聞につっこんでいたから。

ふてくされて、わたしは狭い台所の中でうろうろした。あいつはわたしを馬鹿にしている、これは確かだ。ほんとうに我慢できない。みんないつもわたしを馬鹿にするんだ、わたしのことなんか本気で考える人はいない。わたしの年齢のせいだろうか。お茶を飲もう、と思って鍋を火にかけた。それから古いケーキ型に隠しておいたタバコを出した。あの頃わたしはタバコを始めていた。台所テーブルでタバコを巻く。自分で巻いたほうが安上がりだし、ちゃんとした考えを持ってる人は、巻きタバコを吸うんだ。それに、宣伝ポスターの巻き毛のオランダ人にちょっとイカレていた。丸いめがねのオランダ人。すてきだ。

時計を見上げた。もうすぐ母さんが仕事から帰ってくる。母さんは保険の外交員や電気工事人や、もしかしたら昔のお隣さんを思い出すように、この男のことを思い出すんだろう、そうして二人でわたしのことを笑うんだろう、と想像した。想像するだけで気分が悪くなった。汗が出た。おでこに髪がはりついた。大きく息をした。わたしは何がなんだか分からなくなった。

わたしはタバコの紙に茶っ葉を巻き、タバコの刻みに煮立った湯をそそいだ。

もういっぱいお茶をくれ、と居間から男の声がした。

うん、すぐ。

わたしはティーポットをしっかりと彼の前に置いた。彼はわたしをチラ、と見上げて、自分でカップについだ。一口飲んで、顔をしかめた。

ブルル……彼は身体を震わせた。ひどい味だ。おまえも飲んでみろ。

彼はわたしのほうにカップをずらした。わたしは振り払って唇を嚙んだ。彼は肩をすくめ、砂糖を三個投げ入れてかきまぜ、茶を飲み干した。わたしは台所に戻った。タバコに火をつけた時、自分が何をしたのか、やっと理解した。わたしは台所のドアを少し開けて、いったいどうなるのか、のぞいた。

母さんが帰ってきた時、何も変わったことはなかった。

男はとっくに消えていた。

地下室で。

次の日、銀行強盗エルヴィン・Sが一四年と三ヶ月で早期仮出所をした、と小さな新聞記事が出た。母さんは朝食の皿に顔を突っ伏して泣き、どうしてわたしたちの所に来てくれなかったの、と繰り返した。わたしはようやく理解した。

でも、もちろんすべては遅すぎた。

日焼け

え、きみか？

彼はあんまり喜んでない。ドアだって全部は開けない。でもわたしは頑張って微笑んでみせた。

一緒にプールに行かない？

プール？　行かなきゃだめ？

ウーン。

彼は身体の向きを変える。言い訳けを探してる。耳の後を掻いた。でもムダ。わたしはうつむいて、上目遣いに前髪の間からお願い、の目をした。

ほんのちょっとだけよ、とわたしは小声で言った。

彼はもう抵抗できない。わたしにしたいろんなこと、考えれば。彼はドアを大きく開けて、中に入るように手招きしてから、部屋に消えた。わたしは後のドアを閉める。向こうからラジオとかすかな人の声がする。わたしはそこに立ったまま、髪の毛の端を噛んでいた。彼があちこち歩いたり、タオルをクルクル巻いたり、黒い眼鏡を磨いたり、新聞を丁寧に畳み直したりしているのを待っていた。だんだんと彼は落ち着いてきた。少しだけ。しばらくウロウロするのを我慢してから、わたしは自分の袋を取り上げ、優しく微笑んだ。

さ、行きましょ。

わたしたちはトラムで町の半分を通り過ぎた。彼は口をきかない。ずっと黙ったままだ。わたしは目の端で彼を観察した。額から汗が滴り落ちて、髪の毛が張り付いている。カッコよく決めた髪、赤っぽいブロンドの巻き毛、彼の自慢。こめかみのあたりに小さな赤い斑点。太陽アレルギーの初期症状だ。彼は下唇を突き出して、額の巻き毛を吹いた。苦しんでいる。わたしにははっきりしていた。彼に気づかれないように、そっぽを向く。目つきでバレてしまうかもしれないから。

野外プールには二時頃着いた。太陽は燃えている。芝には先客のタオルがびっしり敷かれている。日陰の場所はもう空いてない。わたしは塀のそばに場所を取った。ここには反射光も射す。

苦労してわたしはマットレスを敷き、その上にタオルを広げて、丁寧に平らに伸ばした。ゆっくり、知らん顔で服を脱ぎ、あおむけに寝そべった。彼の顔は見ない。彼は苦しそうにうめいて、頼りなげにまわりを見回す。でも、どうしようもない。とうとうわたしの横の汚い芝の上に自分のタオルを広げる。彼も服を脱ぐ。彼の水泳パンツは学校で使っていたものだ。しるしがついている。肌は真っ白。彼は太陽に耐えられないのだ。いつもだったら、太陽はできるだけ避けている。野外プールで午後を過ごすのは、彼にぴったりの罰。用心深く彼はわたしの横に坐る。ちゃんと距離をとって。タオルとタオルの間には、一〇センチの幅の芝が生えている。

これ、とわたしは言って、一六度の日焼け止めクリームのチューブを渡す。これ、塗りなさいよ。

あ、ありがとう。

彼はちょっと驚いたような、試すような目つきでわたしを見る。

親切だね。どうもありがとう。彼は繰り返した。

注意深く彼は白い肌にクリームを塗り込んでいる。たっぷり時間をかけて。わたしは寝返りをうって腹這いになり、ひじのうしろに笑いを隠す。日焼け止めクリームはわたしの手作り。

空のチューブに入れた。でも、彼には教えない。当然。

わたしは目を閉じた。太陽はますます照りつける。まわりでは子供たちの叫び声。蜂の羽音。シャワーのしぶき。蟻がわたしの肌によじ上り、むき出しの足を射す。バドミントンやフリスビーが低く飛び交う。いちごアイスがわたしの太腿に垂れる。芝生にはタバコの吸い殻や灰色のガムの嚙みかすがころがっている。遠くからいろんなラジオがごちゃ混ぜに響く。わたしは彼の息づかいを聞いた。不規則な。不幸せな。

すてきだ。

目を開けると、彼の顔がすぐ横にあった。彼は目をパチパチさせた。

ぼくたち、真面目に話し合わなくちゃいけないね、と彼はささやく。

わたしは反応しない。

きみは、とってもいい娘さ。彼はそのまま話し続ける。でも、これ以上しつこくすれば、もう友達でいることだってできなくなるよ。そんなの、良くないだろ？　どう？

なんて馬鹿な奴！　まったく！　なんてお馬鹿さんだろう！

あなたの言う通りね、とわたしはおとなしく言う。

悪いと思ってるよ。もうあんなことしないよ。

これだけは確かに本当だ。彼にはうんざりだ。しつこくした、だって？　そりゃ、わたしは彼にしつこかった。だからって？　こいつには神経がないんだ。

そう。もうあんなこと、起きない。

彼がほっとしたのが、黒い眼鏡のうしろに見て取れた。わたしは横を向いて、腕の下の方を噛んだ。

シャワー、浴びてくる。きみもいっしょに来るかい？

わたしが何のリアクションもしないので、彼は手でわたしの背中をポン、と叩いて立ち上がった。熱くて、濡れた手。彼は泳げないのだ。でも、シャワーならできる。わたしは腕の下から彼を見つめていた。すっかり機嫌よくなっている。冷たい水の下に踊るように飛び込んで、水しぶきをあげ、ハアハアと荒い息をし、濡れた髪を大きく振った。笑ってさえいる。彼は肩を回しながら戻ってきて、ゼイゼイしながら自分のタオルに坐った。まるで湖を泳いで往復してきたみたいに。わたしは身体を起こして、じっくりと彼を観察した。全身に赤い斑点がびっしり。彼は両腕をうしろについて頭を上に向け、目を閉じた。濡れた髪が背中にかかり、水が滴っている。水滴が彼の皮膚全部から蒸発している。

もう一回クリームを塗らなきゃだめよ。わたしは優しく言う。
日焼けしちゃうでしょ。
ウン。

彼はチューブを摑んで、蓋を回す。匂いをかいでいる。わたしは息を止めた。

いい匂いだね。やっと彼が言った。

わたしは微笑んだ。そりゃそうだ。一番高価なお気に入りの香水をたっぷり使ったんだもの。ワセリンに混ぜたトイレ洗浄剤の臭いを隠すために。奇妙なネバネバしたかたまりになったけど、彼は気づかない。わたしの分別、わたしの慎ましさのご褒美に、彼の背中にクリームをたっぷり塗ってあげる。

さ、終わったわ、と言って、膝で彼ににじり寄る。わたしは顔を斜めに傾けて、愛想たっぷりに彼に微笑みかける。両足を投げ出し、髪を背中に垂らし、黒い眼鏡を額にのせて、うっとりと口を開いて坐っている彼は美しい。

もうすぐ、とわたしは考えた。もうすぐよ。

わたしの第三の殺人

三番目の殺人は、たっぷりと考えた上でのことだった。わたしは慎重に計画を練った。何週間も前から。ある意味ではこれがわたしのまさに最初の殺人だった。それもいちばんきれいな。

今だって、この殺しは誇りに思っている。

あの青年はヌンチウス、という名前だった。見た目も名前の通りだった。彼の写真を一枚、まだ持っている。やせて、蒼白くて、髪の毛はピタッとオールバックにして、縁なし眼鏡をかけている。写真の中の彼は橋の上に立って、遠くを見つめている。柔らかな、白いマフラーが飛び出た喉仏を包んでいる。今この写真を見ると、なんでわたしが夜ごと眠ることもできず、泣きながら、悩み続けていたのか、我ながら信じられない。こんな青びょうたんのために。

青びょうたん！　いけない、そんな言葉は失礼だ。彼の繊細な、白い肌こそ一番の魅力だったのだから。同じ年頃の男の子たちは、ニキビがあったりうす汚い情けないひげを生やしたりしていた。ヌンチウスは違った。彼は透き通るようだった。魂がそのまま形になったような。

あれは図書館だった。毎週火曜と金曜の夕方、わたしは図書館に行って次々と本を借りた。わたしは一七歳になっていた。図書館のニュージーランドの小説に夢中だった。町に住む少女が農夫や獣医に恋をして、でも田舎のきつい生活に耐えられなくなってまた町に戻る。どうしても農夫や獣医が忘れられなくて後悔し、心を改め、最後はいつも愛の勝利、という小説だった。あの頃わたしは親の家を出て、あの小さな町でお手伝いさんになっていた。

その家の主婦はけっこう有名な女優さんで、子供が四人いた。父親は全部違う。レッティチア・ブルガーだ！　わたしは彼女がとても好きだったし、彼女のために働くのがうれしかった。家の仕事はたいしてなかった。子供たちはみんなわたしより年上くらいだったし、家にも寄り付いていなかった。だからわたしの仕事はレッティチアにちゃんとした食事を作ることくらいだった。わたし自身はあのころほとんど何も食べなかったし、ものすごくやせていて、それが自慢でもあった。時々めまいがしたから、ニュージーランドの農場にでも行った方がいいかな、などと考えていた。

メリー・スコット！　とヌンチウスは言った。彼は図書館で時々アルバイトしていた。火曜と金曜の夕方に。彼の声は軽蔑に満ちて、ひっくり返っていた。わたしは彼を見つめた。

メリー・スコット！　と彼は繰り返した。もうすぐ全巻読破ですね！

わたしは赤くなり、下を向いて、モゴモゴした。

ええ、でも、どうして？

彼は急に優しく、親切になった。そんな本ばかり読んでいると、精神的に成長できないよ。いい本を紹介してあげる。今からだって遅くないと思うよ。わたしはすっかり混乱し、彼を尊敬し、その日は『のらくら者の日記』を持ち帰った。その後もロマンチックでヤセ願望の一七歳の娘にぴったりの文学作品の数々。『ナルシスとゴルトムント』、『ベニスに死す』、『荒野の狼』、『戸口の外で』……

ヌンチウスはわたしより一歳年下だった。わたしはそれまでとは全く別の世界に足を踏み入れ、感激した。遠いニュージーランドの獣医のことはすっかり忘れ、ヌンチウスに心を奪われた。

わたしは読書、読書、読書を続けた。教養を深めて、彼にふさわしい人間になることだけを望んでいた。本当にそうだったのだ。わたしは口を開けたまま彼を見つめ、彼の言葉に聞き惚れた。今、考えてみると、馬鹿げていかがわしい、無意味な言葉の最たるものだったけれど。

当時のわたしには、わたしのためだけの福音だったのだ。

ある日彼はわたしを、家まで送るのにふさわしい人間と認めた。口もきけずわたしは彼と並んで歩きながら、レッティチア・ブルガーの家が地震ででも壊れてしまって、永久にこのまま歩き続けられればいいのに、と願っていた。もちろん、そんなことになりはしなかった。レッティチアは窓辺でわたしたちが歩いてくるのを見ていて、小さなサロンでドリンクをすすめてくれた。

それから二週間後だった。わたしは間違った瞬間に、間違ったドアを開けてしまった。ヌンチウスがひざまずいて、レッティチアに愛を告白していた。嗚咽をもらしながら。彼女は柔らかな微笑みを浮かべ、頭を振っていた。彼はレッティチアの小さな室内履きにしがみついて泣いていた。わたしはドアをそっと閉めた。苦しめばいい。

死ぬほど苦しむといい。生き埋めにして、生きたまま蟻に食わせようか、火で焼き殺そうか。じわじわと、でも確実に効果を出す毒薬、むち打ち、それとも死ぬほどの驚愕……わたしはずっと考えていた。頭の中で、複雑な構造の絞首台を作ってみた。首を吊った瞬間に、気持ちよくゆっくりゆっくり締め上げる絞首台。彼のシャツに毒蜘蛛を投げ込み、彼のベッドのマットレスの下に毒蛇をしのばせ、生爪を一枚一枚はがしてやりたかった。

　そんなことは何もしなかった。わたしは彼に本を一冊、プレゼントした。

　ヌンチウスには変なくせがあった。本のページをめくる時、左の親指をなめるのだ。特に、大きな声をだして読む時に。何十万回もそうするのを、わたしは見ていた。プレゼントしたのは、四〇〇〇年にもわたる恋愛詩を集めた詩集だった。レッティチアに読んであげたい、という誘惑に彼は勝てない、とわたしは知っていた。本の右下の角に殺虫剤をしみ込ませておくだけで十分だった。効果てきめん。素晴らしくうまくいった。わたしはごく細く開けたドアの後ろに立って観察していた。彼が情熱的な、シュールな恋の詩を読み上げながら、蒼白く、もっと蒼白くなっていくのを。ついに彼はうずくまり、前方に倒れ込み、吐きそうになった。

　レッティチアは困惑して眉を吊り上げた。それまでは、情熱の炎に身を焦がす一六歳の男の子が真っ赤になりながら彼女の足元にバラを捧げ、どもりながら恋の詩を読み上げるのを、彼女は楽しんでいたんだけれど。でも、吐くのは自分の家でやって頂戴、ここの絨毯ではだめ。クールなハートで彼女は男の子にお引き取りを命じた。苦しんでいる彼に手助けもいっさいせずに。というわけで、彼は路上で死んだ。わたしはうれしかった。

わたしのレッティチアへの敬意は変わらなかった。その後も二年間、わたしは彼女のために働いた。あの恋愛詩集は、人に気づかれない時に捨てた。レッティチアは本をめくる時、絶対指をなめたりなんかしないのは知っていたけれど。でも、何が起こるか分からないもの。

突然わたしの手は彼のひざの上に

わたしはもう何時間も田舎道に車を走らせていた。ムカムカしながら。花咲く木々がわたしの横を過ぎて行く。野原、畑、かわいらしい小さな村々。それだけ。他には何もない。もう何時間も。誰もいない。アウトバーンに戻ろう、とわたしは考えていた。アウトバーンにはうんざりしていた。いつも、どこも同じだから。進入路、入る、退出路、出る。日も悪かった。時間も、季節も。月曜日午後、五月半ば。土曜日ならいいんだけど。とくに、夏の土曜日。休暇の始り。でも、一年中いつも土曜日だけっていうわけにはいかない。それに、人間は何年も生きなくちゃいけないんだし。

わたしはラジオのボリュームを上げた。家に帰ろう。まだ間に合う。わたしは昼も夜も、ぶっとおしで車を走らせることがよくあった。バランスを失っている。ゆっくり休んで、たっぷり寝なくてはダメになる。

その時、彼が見えた。女かもしれない。道路のはずれの細い姿。速度を落とし、左手で髪をかきあげる。唇をさすり、眉毛をたいらになぞった。車を近づける。心臓がドキドキする。ジーンズが見える。シャツ、髪の毛、身体は曲がっている。親指を立てているのが分かった。速度をもっと落とす。ヒッチハイクを拾う時一番難しいのは、それが男か女か、最後まで分からないことだ。車を止めてしまってから、やっと判別することもよくある。女だったら、わたしには用がない。そのまま車を発進させる。無駄な時間を過ごす暇はもうないのだ。隣の席に乗せてやってから女、と分かることさえある。そういう時は、すぐに放り出す。情けをかける必要なんてない。

とうとう来た。男の子だ。胸幅が狭い、汚らしい、反抗的な若者。わたしは車を止め、助手席の上からかがみ込んだ。彼はひょろ長い身体を折り畳んで、開いた窓からわたしを見ている。何か聞きたそうにしているが、何も言わない。

わたしは彼の柔らかな茶色の瞳を、産毛のようなひげを、あごの脇のニキビを見つめた。彼はまだ一言も喋らない。わたしは軽く咳をした。

どこに行きたいんですか?

男たちを乗せる時、わたしはいつも改まった口をきく。

どこでも、と彼は言って、乗り込んできた。

交通法規通り、彼はシートベルトを締めた。わたしは車を出した。しばらくの間、黙って車を走らせた。ラジオはまだ鳴っている。時々、横目で彼を観察する。彼は身体をこわばらせ、軽く前に傾けて、道路を注視していた。まるで何か特別なものを見つけよう、とでもいうふうに。わたしは微笑みを浮かべそうになるのをこらえ、家に戻らないことに決めた。わたしは彼に、ここから車で二時間ほどの大きな町の名を告げた。

そこでいい？

え？　おれ？　おれ、どこでもいいよ。

逆らうように彼は下唇を突き出した。わたしは胸を締め付けられるような気持ちになった。両手が湿った。ハンドルをきつく握りしめたので、指の関節が白く浮き出た。ゆっくり。落ち着くのよ。

わたしは平静さを保った。

タバコ、あります？

ヒッチハイカーたちの決まり文句だ。わたしはダッシュボードを指す。男性向けの強いタバコを何種類も入れてある。わたしはタバコを吸わない。若者は一本抜いて、不器用に火をつけ、窓ガラスに向かって煙を吹き付けた。彼は目をパチパチさせながら、前方を見つめている。何かを真剣に考えている顔だ。時々唇を動かす。声はない。タバコを吸い終わり、吸い殻を開いた窓から投げ捨てた。

彼の方は見ずに、わたしは喋り始める。これから先の町で予定していること、仕事の話し合い、残念よね、こんなにいいお天気なのに、そうでしょ、とわたしは話し続けた。イラストレーターなのよ、これから作品を編集局に届けるところ。話し合い、会議、こういう話題は男たちに印象がいい。本当はわたしは教師だった。でも、これは打ち明けちゃ、いけない。わたしは拾ったばかりのこの若者のために、あれこれエピソードをひねり出した。わたしの生活のことも。人里離れた所の一軒家。そこにたった一人で猫とイラストに囲まれて暮らしてるのよ。すべてデタラメ、というわけではない。イラストの作品以外は。わたしは芸術家とか自由業の人間の生活がどれほどおぞましいものか、話してやった。とくに、世の中、という言葉を何度も何度も繰り返した。彼の心がだんだん溶けていくのが、手に取るように分かった。ただし、わたしは彼を見ない。とうとう彼は、イラストを見たい、と口を開いた。

だめ。とわたしはきつく言った。それから少し優しく、後でね。

分かったよ。

彼は何にも分かっていない。でも、自分の立場が強くなった、と思ったようだ。少しましな顔つきになった。わたしを信用している。五分もたたないうちに、彼は家出のわけを喋るだろう。恋人とうまくいっていない、親とけんかした、学校で、職場でのいさかい。いろんなことが混じり合っている場合もある。この若者の場合は、恋の悩みだった。

あんたは、いいよ、と彼が言った。

え？　そう？

わたしは待った。

そうだよ。おれはダメだ。

わたしはあやうく垣根にぶつかりそうになった。慌ててハンドルを操る。でもわたしは、まるきり何も起こらなかったような、まるですべてがどうでもいいようなふりをした。そうして、まっすぐに車を走らせた。

どういうこと？

カノジョが行っちまった。

その時、彼はわたしを見つめた。答えなくちゃいけない。

あら、ま。

これで彼の心をほぐして、すっかり吐き出させるのに十分だった。知り合った時のこと、カノジョがすごい美人だってこと、とてもうまくいっていたこと。初めのうちは。それがだんだんずれていった。彼はアマバンドで演奏していた。

だから自由な時間のほとんどは地下の練習場で過ごした。カノジョは不満で文句を言い始めた。とうとうある晩、彼の親友のバイクの後ろに抱きついて、轟音を響かせて去って行くのが見えた。ヘルメットもかぶらず、長い髪の毛をなびかせて。彼は同じバンドのドラマーだった。やつは一日おきに練習を休むようになった。理由は想像できる。もう、我慢ができなくなった。

わたしは生唾を呑み込んだ。自分の意思とは関係なく両手が震える。歯と歯を噛みつけて、必死に押さえた。手の震えを。

これからどうするの？　わたしの声は事務的だった。

彼はうつむいた。

分からない。

午後の時間は終わりかけていた。わたしたちは町に近づいた。


どこに行くつもり？

分からない。

それなら。わたしは咳払いをした。

それなら、わたしといらっしゃい。ホテルを予約してあるから。明日、ゆっくり考えればいいわ。

彼は顔を輝かせた。

本当？　いいんですか？

わたしは微笑んだ。突然、わたしの手は彼のひざの上にあった。彼は身体を固くした。わたしはすぐに手を引っ込めた。小さな、優しい、愛らしいしぐさ、とわたしは思おうとした。彼は頭をこちらにまわして、わたしをまっすぐ見ている。そのあとの時間、車を走らせている間ずっと、わたしは静かに微笑んでいた。


その町で一番いいホテルの前で車を止めた。

ちょっと待ってて、とわたしは言って車を降り、ホテルのフロントに向かった。今晩一部屋、空いてることを祈りながら。　もちろん、あった。

車に戻る時、わたしはまだ微笑みを浮かべていた。車は消えていた。ハンドバッグ、身分証明書、クレジットカード、お金。みんな。車ごと。わたしは顔の前で手を叩き、うなった。歩道のすみに腰を落とし、両足を投げ出した。あの若者が村道を走って、自分の村に戻って行くのを想像した。思い切り突っ走っていることだろう。途中で、花束を買うために車を止めるかもしれない。花束は後部座席に投げて。村道ではタイヤがきしみ、排気ガスもいっぱいだ。バイクがなんだってんだ。子供のおもちゃさ。バンド練習場の前で急ブレーキ。村中に響くだろう。モーターをふかし、大音響のクラクションを何度も鳴らす。開いた窓から腕をぶらつかせる。唇の間には、わたしのタバコを一本。火は付けずに。やっとカノジョが道に飛び出してくる。根が生えたみたいに突っ立って、彼を見つめる。真っ赤なスポーツカーの彼を。

ヘイ、どうだ？　彼はさりげなく言う。すべて元どおりになった。

わたしは目を閉じ、頭を後ろに投げる。太陽はまだ暖かい。

わたしの第四の殺人

わたしの第四番目の殺人は、まったく無駄だったし、その上へたくそだった。今思い出しても腹立たしい。あのころわたしは、すでにちゃんと理性的になっていた年齢だったのに。二二歳になり、自分の人生をしっかり始めようとしていた。この目的のためにわたしはまず、生まれて初めて眼鏡を買った。買っただけでなく、実際に鼻の上に乗せた。突然新しい世界が輝いた。それまでは半分見えてなかったのだ。あちこちつまずいたし、知り合いにろくに挨拶しないこともしょっちゅう、その代わり赤の他人に抱きついたりしていた。道路標識もあやふや、広告の文字なんて、全然読めなかった。眼鏡のおかげで、文字通りの意味で視野が広がり、目が利くようになった。ただし、これが役に立った、なんてことはない。

すぐさまわたしは市民大学に登録した。わたしは文房具屋の売り子だった。夕方になると、いろんな講習に出た。フランス語、簿記、美術史、そしてヨガ。こんなへんてこな取り合わせの勉強をして、いったいどうするつもりだったのか、もう全然思い出せない。なんにせよ、店が閉まった後、市民大学へと小さなカバンを脇に抱えて急ぐとき、わたしはまわりの人間たちとは次元が違う、と信じていた。頭にていねいにブラシをかけ、もちろん化粧なんかしなかった。

あのころ、わたしはとてもきちんとしていて、色恋沙汰なんて当然、お断り、だった。実はそれなりの理由があったのだけれど、ここでは言いたくない。いつもイライラして、あげくの果てにこの無意味な殺人になった理由が。

あれは、水曜日の夕方だった。フランス語の授業。わたしたちの先生はマダム・ソーテンヌ。小柄で、とてもキビキビして、エネルギッシュで、美人だった。黒っぽい巻き毛は短くカットして、高いヒールをはいていた。いかにもフランスって感じ、とハンスユルクがコメントした。彼の言う通りなんだろう。だって彼はフランスで、それもパリで暮らしたことがあるんだもの。ハンスユルクはいつもわたしの横の席に坐って、ひっきりなしに話しかけてきた。彼は授業の後もわたしとお喋りしたかったみたいだった。例えばワイングラスを前にして。わたしははっきり断っていた。もう誰もわたしの心の中に入れさせない。

ハンスユルクはとってもいい人だった。いい人、ってそんなにいるものじゃないことは、その後の人生で良く分かった。少なくともわたしはあれ以後、いい人には誰にも会っていない。も、ハンスユルクがいくらいい人でも、わたしの決心は固かった。理性的にしなければ。もっとハンスユルクとワインを飲んだり、それから結婚でもしたほうが、よほど理性的だったのだ。キンキンしながら自己チューに陥った人生を送り、無意味な殺人を繰り返すよりは。

授業に気を入れて、マドモワゼル、わたしのほうをちゃんと見て。マダムがフランス語で言った。

わたしはビクッとした。マダムの皮肉たっぷりのまなざしが、わたしの眼鏡を突き刺す。すみません、とつぶやき、彼女を激しく憎んだ。ハンスユルクが優しくわたしの脇腹をつついたけれど、何の役にも立たなかった。わたしは侮辱された、と感じていた。マダム・ソーテンヌにはそもそも最初の時間からわたしは心底怒っていた。わたしは絶えず彼女を観察した。彼女の微笑み、彼女の歯の光、目の動き、せわしなく動かす手、すべてをわたしは細かく徹底的に観察していた。マダムの魅力は、あらゆるところから溢れ出ていた。わたしにには我慢がならなかった。同じくらい彼女もわたしを嫌っていた。それでもわたしは、彼女が担当するフランス語の上級クラスも受講した。なにしろ、理性的でいたかったし、フランス語ものにしたかったから。

マドモワゼル、最後の文章を繰り返して下さい。

わたしは眼鏡を外して机の上に置き、両腕を胸の前で組んだ。見せてやる。

ノン、とわたしは言った。

ノン？

マダム・ソーテンヌはけげんな顔をして、眉を吊り上げた。彼女の声のなかに、かすかにあざける調子が混ざっていた。ハンスユルクが困ってしまって、小声で文章をわたしに囁いた。彼の声はマダムにも聞こえていた。

オー、なんて優しいナイト、彼女は囁くように言った。でもあなただって、ガールフレンドがマナーを守ってフランス語を勉強して欲しいでしょう?

ハンスユルクは困惑してニヤッとし、わたしは赤くなった。マダムは作り笑いをしてじっとわたしを見た。すべてを見抜いて、こちらに返してくる瞳。わたしが愚かなこと、不器用なこと、どっちかっていえば醜いこと。わたしはマダムを殺してやりたかった。

授業のあと、いらしていただけますね?

ウィ、マダム。

彼女のせいなんだ。

わたしは落ち着きをとりもどし、また目立たない生徒に戻って、授業が終わるのを待った。

マダムを憎んではいたけれど、でも彼女は魅力たっぷりだった。本当は、わたしは彼女の人生を知りたかった。エキサイティングで、素晴らしい香りに満ちて、めまぐるしく移り変わった彼女のこれまで。でも、わたしはそんな気持ちは表に出さなかった。授業が終わって、他の人たちは帰ってしまい、ハンスユルクの激励のウィンクにも知らん顔して、わたしはがっくりしながらマダムのところに行った。

不注意な態度ですみませんでした。なぜあんな風になったか、自分でも分からないんです。

彼女はわたしを鋭く見つめ、書類をかき集めていた。

私には、分かってるわ、と彼女は言い、さ、ちょっといっしょに歩きましょう。

わたしはうなずいた。

外に出ると彼女は顔を上へ向けて、大きく息を吸って、それからハーッと息を吐いた。わたしは彼女をじっと観察していた。

あなたは私を見ているわね。最初の授業の時から。私、気がついていたのよ。

そうして彼女は続けた。あなたはやきもち焼いてるのよ。健全とは言えないわね。

やきもち？　わたしが？　でも……

彼女はわたしの前をさっそうと歩いた。短いカールの髪を振って、高いヒールの音を立てながら。わたしは追いつこうと、一生懸命になった。マフラーが地面までずれた。鼻水がたれる、前髪が落ちて目に入る。それでもわたしはゼイゼイしながら繰り返した。

なぜ、わたしがやきもち？

彼女は立ち止まって、わたしをしげしげと見た。それから肩をすくめた。

なぜ？　とわたしはもう一度聞いた。

彼女はちょっとためらった。

私の勘違いかもしれないわ。それに、あなたのプライベートなことは私には関係ないし。授業中、これからは注意して。

でも……

わたしは知りたかっただけ。彼女にはっきり言ってほしかっただけ。鏡を見てご覧なさいよ。まるで運がなくて、神経をイライラさせて。ブスだし、そのくせ自尊心はたっぷり。でも、彼女はわたしからスイと目をそらし、微笑んでいた。行かなくちゃ、と彼女はにこやかに言った。まるで友達にするようにわたしの肩をポンと叩いて、足早に去ろうとした。振り返ると、道路の向こう側にはとってもかっこよくてイケメンで、とっても若い男性が合図していた。これで決まってしまった。わたしは片手を突き出し、全身ありったけの力で彼女を押した。歩道からあちらへ。ちょうど九三番のバスが走り去った。

わたしはゆっくり歩いて家へ戻った。気分は良くない。あれ以来、理性的生活はやめた。フランス語もやめたし、善良なあの人と結婚もしなかった。眼鏡をかけるのさえやめた。

本当に、なにもかも、なんの役にも立たなかった。

下からの世界

これは哀しいラブストーリーだ。他のなにものでもない。わたしの初恋。わたしは三歳だった。恋に破れるのに、若すぎるってことはない。

あれは庭師だった。もちろん、お隣の、だ。うちには庭師はいなかった。というより、もう、いなかった。庭の垣根の板の隙間から、悩ましく彼を見つめていた自分の姿をわたしは今でもはっきりと思い描ける。彼の名前は……もう思い出せない。彼は大きくて、ブロンドで、そういう男のすべてを備えていた。

青い瞳。若かった、と思う。当時はとても年上だ、と感じていたけれど。多分、二〇歳くらいだったのだろう。わたしは三歳。もちろん、わたしは何もできなかった。喋ることさえ、ちゃんとはできなかったのだ。

その上、わたしはとても小さかった。時々、彼が気がつかないくらい小さかった。わたしはおずおずと彼のズボンの下の方を引っ張った。すると彼は微笑みかけてくれる。彼はわたしの髪をなでた。垣根の板の隙間から、ボンボンをくれたりした。わたしはいつもリスのぬいぐるみを抱えていた。大人の女の人たちがハンドバッグを脇の下に抱えるように。女の人たち。うちのソファに坐ってわたしを抱きしめようとする女の人たち。覚えている限り、いつも六人か七人の女の人たちがうちの広間でごろごろしていた。ソファに坐ったり、歩いたり、編み物をしたり、脚を組んだりしていた。おばさんたち。みんな同じ。本当のところは、彼女たちは順繰りに来ていたんだろう。一人が出て行くと、別の人がやって来た。わたしの記憶の中ではみんな同じだ。年齢の差はわたしには分からなかった。おばさんたちにキスされるのは、とっても嫌だった。わたしは庭に出た。

わたしは遊んでいた。あの庭師に初めて会った時、どういう服を着ていたか、まだ覚えている。ベージュ色のビロード、丸い襟がついたワンピース。わたしは垣根に鼻を押し付けて、じっと見た。まだうまく喋れなかったから、きっと、ハロー、とでも言ったのかもしれない。こんにちは、とか。違う。わたしはとても恥ずかしがりやだったから。おばさんたち以外の人間とは、ほとんど接していなかった。彼はわたしのホッぺをつねった。びっくりしてわたしは逃げた。彼はもう二度とはそんなこと、しなかった。

雨の日は、庭に出させてもらえなかった。彼は庭にいた。窓からわたしは彼の黄色いレインハットを上から見ていた。わたしに見えるのは、黄色いレインハットだけ。ふだんは彼を下から見上げていた。ゴムの長靴と青い作業ズボン。雨の日は退屈だった。

いや、いつも、だった。わたしは父と二人だけで、あのものすごく大きな屋敷に住んでいた。それに、かわりばんこのおばさんたち。数えきれないほどたくさんの陰気な部屋と広間。誰もわたしのことは本当には面倒見ていなかった。

料理は誰かがしていた。父は部屋に籠ることが多かった。きっと仕事をしていたんだろう。わたしの部屋には古めかしいおもちゃがたくさんあった。昔、父が使ったもの。わたしはあれで遊ぶことはなかった。でも、リスのぬいぐるみだけは好きだった。

わたしはほとんどほったらかしにされていた。わたしは家の中を探検した。絨毯の端を逆に丸めておくと、父がつまずいて転んだ。お片付けもした。こっちの部屋のものをあっちの部屋へ移した。父は腹を立てた。

父のパイプ・コレクションを浴室へ運んで、丁寧に洗ったことがある。あの時父はものすごく怒った。

わたしは父を嫌っていたわけではない。父もわたしを。ただ、わたしはとても小さかったし、父は不在が多かったし、心配事もたくさんあったし、忙しかった。後になるとすべてが変わった。それも、庭師への哀しい恋と間接的には関係がある。

あの庭師。彼はわたしの小さな人生のすべてだった。わたしは彼にプレゼントした。わたしが見つけたもの、気に入ったもの、すべて彼にプレゼントした。

おもちゃも。もちろんリスも。垣根の隙間から黙って押し込んだ。すると彼は笑って、丁寧にお礼を言った。わたしの手にキスしたこともある。時には彼に見つけてもらえるような場所にプレゼントを置いた。

彼は悲しそうに見えた。だから彼はわたしと一緒の時間を過ごしたのだ。

よく彼は悪い女の人たちの話をしてくれた。絶対治せない苦しみを与える悪い女の人たち。そういう女はペストみたいに用心しなくちゃいけない。わたしはおばさんたちのことを思い浮かべて、彼の話に心の底からうなずいた。すると彼は突然びっくりしたようにわたしを見つめるのだった。誰と話していたのか、忘れてでもいたように。彼はあわてて微笑もうとし、手を横に振った。何でもないんだ、というしぐさ。わたしはよく分かっていた。彼が悲しんでいることを。だからたくさんプレゼントした。中には高価なものもあったかもしれない。父は宝石や貴石の原石の蒐集家だったから。わたしには価値は分からなかった。みんなどうでもいいものに思えたのだ。

あの日、わたしは垣根の隙間を抜けて、隣の庭に潜り込んだ。庭師の姿が見えなかったから。とても悲しかった。わたしはリスをしっかりと抱え、がんばろうね、と囁いた。こわかったわけではない。でも、彼を探さなくては。恋に落ちていたんだもの。うちの庭と違って、隣の庭は手入れが行き届いていたから、迷子になる心配はなかった。砂利道をそっと歩いて、サンダルに小石が入るようにして、石がたまるといっぺんに投げ飛ばした。わたしは砂利道の上の自分の足跡を振り返った。その時彼にぶつかりそうになった。

おっと！　と彼は言ってわたしを抱き上げ、自分の身体に押し付けた。わたしは顔を彼のシャツに埋め、リスをきつく抱きしめた。彼はわたしの髪にキスをして、そっと立たせた。あの時彼は何かを言ったと思う。ここで何してるの、どういうことかな、お父さんやお母さんは知ってるの……多分そんな言葉。わたしは彼の顔を、肌を、瞳を覚えている。そうしてあの匂い。パパと同じ匂い。何かがうまく行かなかったんだ、とわたしはすぐに気づいた。父がこういう匂いの時は、とても怖かった。紫色の肌、ざらつくひげ、腫れ上がった目。父が怒鳴り、文句を当たり散らす時の匂い。おばさんたちが現れる時。

わたしは呆然と彼を見上げ、リスを落とし、逃げ出した。庭の境の垣根のところで振り返ると、彼はリスを高く差し上げて、振った。わたしは家に戻った。その日の午後、わたしは広間の床の上に重い封筒を見つけた。拾い上げてみると、封も閉じてなかったし、糊付けもほとんどされていなかった。中にはピカピカの新札がぎっしり詰まっていた。

あの頃わたしは、お金なんて知らなかったし、どんな意味があるのかも知らなかった。特に父とわたしにとって。わたしはただ、わたしの庭師にすてきなプレゼントだ、と思っただけだ。直接渡す勇気はなかった。だから封筒を垣根の向こう側に投げて、茂みに隠れて彼を待った。やっと彼が現れた時、もうあたりは薄暗くなっていた。彼は花壇に沿ってゆっくりと歩いてきた。何かつぶやきながら時々植木の葉をちぎっていた。彼の上着のポケットには、わたしのリスが入っていた。大きな耳がのぞいている。心臓がドキドキ打った。突然彼は根が生えたように立ち止まった。口を開けている。かがみ込んで封筒を拾った。指を二本中に突っ込んでいる。彼は封筒を胸に押し付け、目を閉じた。その時わたしの家から、わたしの名前を呼んでいる声が聞こえた。わたしは走って家に戻った。こうしてわたしは父を破滅に追い込んだのだった。もちろんわたしのお手伝いがなくても、父はそうなっただろう。でももう少しゆっくりと、だったにちがいない。

その後しばらくはめちゃくちゃだった。わめき声と泣き叫ぶ声。おばさんたちは次々に他のおばさんを追い出した。父はひげをのばした。わたしは以前にも増して同情の目つきや抱きしめる腕から逃げ回った。それから、すべてがすっかり変わった。結婚もした。もちろん父とおばさんたちのうちの一人が、だ。ましなおばさんたちのうちの一人。わたしたちは屋敷から、町の明るくておしゃれなマンションに引っ越した。父は働きに出た。わたしは学校に通い始めた。けっこう楽しい暮らしだった。わたしたちは、市民的、になったのだ。父がよくそう言っていた。わたしたちは手と手をつないで一緒に町の通りを歩いた。父はひげをそり落とし、わたしはきれいに髪を梳かして。そういう時、父は笑って言うのだった。「わたしたちは市民的になったんだよ！　どうかね？」父は何となく楽しんでいるように見えた。

わたしも笑った。心がとっても弾んでいた。初恋の相手、あの庭師のことを思い浮かべた。彼にはもう二度と会うことはなかった。

わたしの第五の殺人

わたしは二五歳になっていて、結婚していた。家があり、小さな庭があり、もちろん夫もいて、七キロの体重もくっついた。わたしは死ぬほど退屈だった。と言っても、結局死んだのは誰か別の人だったけど。

目覚ましが六時半に鳴る。ロジャーは、というのがわたしの夫だったが、ロジャーは五分間ベッドでごろごろし、鼻で大きく息をして、ベッドから這い出て行く。わたしも同じことをする。ロジャーはバスルームに滑り込む。彼は白いアンダーシャツを着ている。手の甲で目をこする。わたしはドア枠に寄りかかって、彼を目で追う。でもちゃんとは見ていない。

わたしは黄色とオレンジ色のもようがあるガウンに身を包んでいた。これを着ていると、もっと太って、もっと蒼白く見えるのは分かっていたけれど、どうでもよかった。キッチンに行って、コーヒーのために湯をわかす。テーブルの支度をする。冷蔵庫を開ける。冷蔵庫のドアには、目一杯太ったリズ・テーラーの写真が貼ってある。世界中のデブ女に、警告写真として推薦されたヤツ。もちろん効果なんてない。ミルク、バター、チーズ、ジャムを取り出して、みんなテーブルに並べる。それからチョコレート。一列だけ割る。チョコは冷蔵庫に入れてある。冷たくて固いのが好きだから。リズ・テーラーになっちゃうかも。

口を動かしながら窓の外を見る。庭は全然手入れしてないし、気がめいる。湯が沸いた。笛吹きケトルがいらつくメロディーをたてる。コーヒーに湯を注ぐ。ロジャーがキッチンに入ってくる。彼はジーンズに赤いチェックのシャツ。やすっぽいひげそりローションの匂いがする。彼はわたしに近づき、ガウンのどこかを掴み、キスをしようとする。わたしはチョコレートを呑み込んで、頭をよじる。ロジャーは朝は何も言わない。わたしも、だ。

わたしは朝食テーブルを整え、食器を並べる。ロジャーはテーブルについて、自分のコーヒーを注ぐ。わたしは自分のパンにバターを塗ることに集中して、皿に目を落としたままだ。ロジャーが三度短く息を吹きかけて、コーヒーを飲み干すのを聞く。彼はいつもブラックだ。彼はもう一杯、そしてもう一杯コーヒーをおかわりする。彼は朝は何も食べない。わたしは違う。

三杯目を飲み終えると、彼は目が覚める。足をわたしの方に伸ばし、テーブルの向こうからわたしをうっとりと見つめる。わたしたちは新婚五ヶ月になったばかりだった。わたしは死ぬほど退屈していた。

もちろん自業自得だ。ロジャーはいつだって退屈な男だったのだ。彼がわたしに夢中になってしつこく言い寄ってくるのは、初めのうちはけっこう面白かった。でも、一週間か二週間したら、それも飽きた。その時プロポーズされた。

彼は本気だった。わたしは机に腰かけて、両足をブラブラさせていた。彼はわたしの前の床にひざまずき、両腕でわたしのひざを抱きしめ、顔をわたしのすねに押し当てて、何かもぐもぐ言った。「なに？」と聞くと、彼は頭を上げて、「結婚してくれますか？」と聞いた。まるで映画みたい。わたしは肩をすくめ、天井を見上げ、微笑んだ。映画のワンシーンを思い浮かべて、科白を言った。

断る理由がない。「いいわ」と言った。それで結婚したのだ。

ベニスで一週間過ごした後、この家に引っ越してきた。安かったし、荒れていて、とても淋しいところに建っていた。ふたつの村と村の間。まさしく田舎のはずれそのもの。ロジャーは感激していたが、日中はずっと仕事で不在だった。

この家でわたしはひとりぼっちだった。ここで本当に生きていた、とは言えないだろう。ロジャーは町の贈答用品の店で販売員をしていた。彼はいろんな人々に会い、話をし、昼食をとる。

夕方、彼は家に戻ってきて、その日の出来事を話す。町で人々と交わした会話。戻ってきた彼は、静けさを、孤独を、食事を、そしてわたしを堪能する。毎夕、彼はわたしにプレゼントを持ち帰ってくれた。家中小さなガラクタの山ができていく。わたしは一日中家にいる。黄色とオレンジ色のもようのガウンのままずっと。わたしはガウンのまま、牛乳配達や郵便配達や新聞少年と話をした。彼らと話すことがあれば、のことだったけど。夕方になると、ガウンを脱ぎ、フロに入り、服を着、食事を作ってロジャーを待った。

自分のせいなのだ。ロジャーと結婚なんて、誰に強制されたわけじゃない。でもわたしはしてしまった。そうして、たっぷり罰を受けたのだ。ロジャーはとってもチャーミングな男だった。でも、わたしは退屈しきっていた。チャーミングだからといって、結婚する必要なんてなかったのに。わたしはしてしまった。

わたしは頭を上げ、彼を見た。彼は椅子にもたれて、タバコを吸っていた。わたしに目をちょっとつぶってみせる。彼は美形だ。褐色の瞳、黒くて豊かな髪が頭の上に、赤いチェックのシャツの上に盛り上がっている。彼は善い人だ。でもわたしは彼を愛してはいない。すべてが正しくない、正しくない、正しくない。間違っていた。

どうしたの？　言いなよ。と彼が言う。
何を言えばいいの？
今、何か言おうとしただろ？
何にも。何でもないの。
わたしは何も言わなかった。

ロジャーは使ってない皿にタバコを押し付けて、立ち上がる。

それじゃ、と彼は言い、斜めに微笑みをよこす。テーブルをぐるっと回ってわたしに近づき、うなじにキスをする。

フウン、と彼は声を出す。
わたしは肩をすくめる。彼は仕事に出てゆき、わたしはひとりになる。今、七時三〇分、まる一日がわたしの前にある。食器を片付け、流しに積み上げる。バター、ミルク、チーズ、ジャムを冷蔵庫に入れ、かわりに食べかけのチョコレートを取り出す。スイートビター。もう一かけら、口に放りこみ、残りはガウンのポケットに入れる。冷蔵庫のドアを閉め、リズ・テーラーを見る。構わない、太るのなんか。写真のリズはそうとう太っているけれど、アクセサリーはあいかわらずすごいし、バイオレット色の瞳もそのまま。わたしは裸足のまま家の中を歩く。冷たい床を裸足で。チョコレートを噛みながら。

いたるところにロジャーのプレゼントが飾ってある。牛のかたちの塩こしょう入れ、ガラス製のいろんな色のボンボン、花束に結んである小さな風ぐるま、金色のエンジェルが入っているスノー・ドーム、暗い所で光るプラスチックの花、一メートルもふくらませられるシャンパンびん、ピンクのプラスチックのハート、浮き輪の形の陶製灰皿、ガム販売機のミニチュア。わたしたちは家具はほとんど持っていなかった。窓のカーテンさえ、まだつけてなかった。

チャイムが二度鳴った。ドアを開けてみる。新聞配達の男の子が立っていた。わたしを見て、なまいきな顔をして、ニャッとした。

電話、使わしてほしいんですけど。

彼はわたしの返事を待たず、さっさと家の中に入ってきた。新聞はいつものように、敷居の所に落ちている。わたしはかがんで、新聞を拾い上げた。男の子はキッチンに入って行く。わたしは彼の後を追った。黄色とオレンジ色のガウンの胸の前できつく腕を組みながら。

電話は横にあるわ、とわたしは小さい声で言った。彼がわたしの声を聞いたかどうか、わからない。

電話は横よ、とわたしは繰り返した。

その時、彼はもうテーブルに着いていた。


コーヒー、もらえます?

わたしは肩をすくめた。

彼は立ち上がり、流し台からよごれたままのカップを一つ、手に取った。彼のひじがわたしをかすめる。男は自分でコーヒーを注いだ。わたしは窓の前に立って、彼がコーヒーを飲み干すのをみつめる。彼もブラックだ。


いったい何が欲しいの? とわたしは聞いた。分かってはいたけれど。

おまえさ。彼は強い調子で言った。

彼は腕を伸ばして、わたしの胸をつかんだ。その手を払うと、頭が窓枠にぶつかった。彼は迫ってきて、胸をもっときつくつかんだ。痛かった。男の顔がぐんと近づいた。

ブリッコすんなよ。静かにしてろ。

わたしは頭を横に向けた。リズの写真が目に入った。男の口がわたしに迫った。彼はわたしの首筋を噛んだ。コーヒーの匂いがする息。わたしはうめいた。吐き気がする。でも、男はやめない。

こいつはまだ子供だ。ニキビがあるし、息もくさい。

さ、はやいとこ、やっつけようぜ。

わたしは彼の肩越しに、ケトルをつかんだ。重いイタリア製。笛も二種類。ロジャーからのプレゼント。ケトルにはまだ熱湯がいっぱいに入っていた。わたしはケトルを高く持ち上げ、男の頭を思い切りなぐった。頭の横側を。音も立てず、男はキッチンの床に沈んで、動かなくなった。わたしは男の上をまたいでバスルームに行き、シャワーを浴びた。熱いのと、冷たいのと交互に。服を着、トランクに衣類を詰めて、家を出た。出て行く時、ロジャーのたくさんのプレゼントとタイルの床にのびている男がチラと見えた。

わたしが残したのは、それだけ。手紙も書かなかった。

後になって、あの少年がわたしたちの家からかなり離れた所で発見された、という新聞記事を読んだ。即死じゃなかったんだろう。息を吹き返して出ていったらしい。わたしがいなくなったことと、新聞少年の死とを結びつける人は誰もいなかった。うれしかった。ロジャーのためにも。だって、ロジャーはこんなことに巻き込まれるいわれはないのだから。

ロジャーのことは、それきり考えもしなかった。

今日はミルクなし

牛乳配達が来ない日は悲しかった。

わたしは牛乳配達を愛してることを知ってほしい。それも、もう何年も。毎週火曜、木曜、土曜日には朝五時に起きた。彼を郵便受けの隙間から覗くために。わたしだって他の誰かのためにこんなに早く起きたりしない。これは確かに恋だ。

あれは二ヶ月前の木曜日だった。五時起きにはすっかり慣れていた。今もその習慣は残っている。わたしは起き上がって温かいガウンに身を包み、裸足で氷のように冷たい階段を降りた。ドアの内側にしゃがんで、郵便受けの蓋を持ち上げ、小さなつっかえを差し込んだ。前に一度、蓋がガチャンと音を立てて閉じたことがあったから。汗で濡れていたわたしの指がすべったのだ。郵便受けの隙間から、表の通り、庭に入るトビラ、家の入り口までの小道、すべて見えた。わたしはエンジンの音を待った。このあたりには車はほとんど通らないから、聞き分けるのはたいしたことではない。郵便配達は自転車で来るし、新聞少年は徒歩だ。他にやってくるのは、村の食料品屋のご用聞きくらい。でも彼は三度か四度しか見たことがない。わたしは買い物はほとんどしないから、食料品屋もあまり熱心ではないのだ。わたしの家は丘の上で、村からかなり離れていた。大きな庭があって、わたしはあまり食べないし、ほとんど誰にも会わない。郵便配達は年配の酒飲みだった。時には家へ招き入れて、いっしょに一杯飲んだ。すると彼は村の事件を話してくれる。下の村ではいつも何か起こるらしい。彼がいなければ、わたしは何も気づかないで過ごしただろう。全く何も。それでも別に構わないけれど。郵便配達は薄い、灰色の、肩まで伸びた髪をしていた。新聞配達の少年は赤い頬。息もつかず彼は表の通りを駆け上って来て、新聞を垣根越しに庭に投げ込むとすぐに村へ戻って行った。ごく稀に、例えばクリスマスの時などは、彼は家まで新聞を届けに来た。そういう時は、わたしは彼に金を与えた。

牛乳配達は違う。四年前から来るようになった。彼の前は誰がミルクを運んでいたのか知らない。それまでわたしはいつも九時頃まで寝ていた。あの朝早く目が覚めて、窓から牛乳配達を見たのは、本当に偶然だった。彼は違う人間だ、とすぐに分かった。彼は車から降り、ゆっくり動いた。まるでなげやりのように。彼にはある種のエレガントさが漂っていた。彼の黒い髪をわたしは上から見ていた。そうしてうっとりして窓辺に立ちつくしていた。

突然彼は頭を上に向けた。思わずわたしは一歩後にさがった。彼からは見えていなかったのに。明かりもつけず、わたしは朝の薄暗がりのなかをやってくる彼を見つめていた。彼の顔が白く浮き上がる。何か悲しみをたたえた顔。口のあたりに悲しみのしるしが見えた。こういう細かいことは、後になってだんだん分かってきたのだけれど。いずれにしろ、牛乳配達は違っていた。

彼はよく奇妙な格好をしていた。いろんな色でできた帽子をかぶっているときは、両側から長い髪の毛が立っていた。羽飾りがついた帽子の時もあった。緑のロングブーツをはいていると、まるでロビン・フッドだった。顔は日焼けしていたけれど、少し疲れているように見えた。ごく僅か、皺があった。きっとまだ若いんだと思う。

あの木曜日の朝。車の音が聞こえなかった。彼は来なかった。右足がしびれてしまった。やっとの思いで立ち上がり、片足で玄関ホールを跳ねながら、どうして彼は来ないんだろう、と考えていた。わたしはその日、ずっと待っていた。心が落ち着かず、何かをすることも考えることもできなかった。ラジオをつけてニュースを聞いてみたけれど、曜日は間違えていなかった。木曜日だ。でも彼は来なかった。金曜日はもともと来ない日だし、土曜日にも彼は来なかった。

土曜日の午後二時半、わたしは外出用の靴をはき、青いコート、マフラーをして家を出た。庭を通って通りに出た。庭のトビラをきちんと閉めた。通りに立って、深く息をし、右にまっすぐ村へ降りていった。村へはもう一〇年行っていない。一〇年間一度も家から出なかった。

一度も。ただの一度も。

村のようすはすっかり変わっていた。当然だ。一〇年だもの。思い出すことは何もない。それでいい。別に思い出があるわけじゃない。人々や視線は無視して村の通りを進んだ。ミルクとチーズの店はすぐに見つかった。ドアを押すと、入り口のドアベルが音を立てた。店は明るく清潔で、しゃれている。太ったピンク色の顔の女の子が出て来た。

いらっしゃいませ。

ミルクが届いてないんです。

わたしは自分の声にびっくりした。ガランとした店内にカサカサと響く声。わたしは咳をした。

牛乳配達が来なかったの、とわたしは急いで続けた。今日も、木曜日も。

女の子は、分からない、というふうにわたしを見た。

あの丘の上、と説明した。丘の上の白い家なんだけど。

それ以上何を言えばいいのだろう。

聞いてみます、と女の子は言って、店の奥に消えた。

わたしは待っていた。店の棚から使いそうな商品をいくつか手に取った。ミルク、ヨーグルト、バター。どうせここまで来たのだから。全部カウンターに並べた。女の子は戻ってこない。人の話し声も聞こえない。わたしは待っていた。カウンターの上のミルクの箱やヨーグルトをいじった。一列に並べたり、輪の形にしたり、また一列に並べ直したりした。何も起きない。全部そのままにして、店を出た。背後でドアベルが鳴っていた。

村の通りには太陽がいっぱいだった。目を細める。一瞬、どこにいるのか、自分が誰なのか、何をしているのか分からなくなった。

わたしは道路の真ん中に立ち止まった。車が来るのは見えなかった。

わたしは白いベッドに寝ていた。バラの花が顔をくすぐる。気分が悪かった。起き上がろうとしたけれど身体が痛む。とくに背中と肩と右腕が痛い。

花をどけて。まだ死んでないわ。

すみません。

花は消えた。わたしはまた眠った。

次に目が覚めた時、夜中だった。看護婦がかがみ込むようにして、冷たいお茶を飲ませてくれた。

どこもかしこも痛いのよ。

そりゃそうでしょう。彼女は微笑んだ。車に轢かれたんですから。

彼女はわたしの病名を数え上げた。複雑骨折、脳震盪、などなど。まだ気分が悪かった。何かをしようとする前に、また意識を失った。何日間もぼんやりと過ごしたようだ。半分朦朧としている間、いろんな顔、花、冷たく濡れたタオル、素っ気なく手首に触れる指などをぼんやりと感じていた。牛乳配達の顔も何度も見た。

彼はわたしに輝くバラの花束を差し出して、微笑んだ。

ほんとうにすみません。でもあなたは道路の真ん中に立っていたんですよ。ブレーキが間に合わなかったんです。

そんなこと、どうでもいいのよ、とわたしはつぶやいて、顔をそむけた。

バラは嫌いですか?

もちろん、好きよ。

明日は違う花を持ってきます。

わたしは黙った。

何か欲しいものがあったら、言って下さい。

わたしは答えられなかった。疲れ過ぎていた。まぶたが自然に落ちた。そっと出てゆく彼の足音が聞こえる。彼が注意深く閉めるドア。

あなた、どこにいたの？　わたしは大声で聞く。
だいじょうぶ。ここにいますからね。眠れないの？

看護婦だ。もう夜になっている。

あなたに聞いたんじゃない。わたしは不機嫌に言う。
睡眠薬、ほしいですか？
いらない。

牛乳配達の男はその後もなんどか見舞いに来て、わたしにあやまった。他の花を持って。そっとわたしの手に触れたこともある。わたしはまだ疲れていた。話をするがとても大変だった。口が乾ききっている。舌で唇をなめ、力を振り絞って、聞いた。

どうして木曜日に来なかったの？
柔らかな、忍耐強い声が薄暗がりの中から響いてくる。
痛みます？　睡眠薬、欲しいですか？
わたしは目を閉じた。

わたしの第六の殺人

わたしはデッキチェアに寝そべって、古い雑誌をめくっていた。

太陽はぎらぎらと燃えていた。空は青く、果てしない。海も青く、果てしない。この数週間、ずっとだ。

地中海クルーズは、わたしの夢だった。それが今、実現している。六週間をただのんびり過ごす。素敵だ、と思っていた。そして、今、六週間のうち、四週間は終わってしまった。あと残りの二週間も同じように過ぎていくのだろう。どうにか。でも、その後は？　わたしは考えたくなかった。


今夕はアテネですよ、とアルミンが言った。

わたしは雑誌をめくり続ける。

お食事に招待しても、よろしいかな？　これでもアテネは結構詳しいんですよ。

わたしはため息をついて、雑誌を置く。

アルミン、ご親切にどうも。でも……

わたしは言葉を切った。

でも、はいけませんよ。じゃ、お約束しましたよ。

丁重なしぐさで、彼はわたしのひざをなで、立ち上がって、向こうへ行った。わたしは彼を目で追った。キラキラする白い髪の下に、赤い皮膚が透けて見える。七〇にはなっているだろう。わたしはもう一度ため息をついた。この船には、七〇歳以下の男は一人もいない。もちろん、乗組員は別だ。でも、かっこいい制服の乗組員の誰一人としてわたしに興味を示さない。船長は奥さん連れだ。地中海クルーズは、わたしが想像していたのとはまるきり違っていた。映画に出てくるみたいのとは。映画作家なんて、嘘つきだ。

わたしは腕の時計を見る。一〇時半。この船の上では、時間が過ぎて行かない。ランチまであと一時間半。今日はまだ始まったばかり。わたしはキャビンに戻った。


テレーゼはちょうど足にペディキュアをしているところだった。わたしを見て、顔を輝かせる。ね、この色、あなたも気に入って？

濃い紫色だ。まだ塗っていない爪は黄色い。

素敵ね、とわたしはどうでもいいけど、答える。

秋のブドウ、って色なの！　テレーゼは誇らし気に微笑む。

そういう名前の色なんだ。多分。あなたも塗る？　彼女はわたしに小さなビンを差し出す。

ありがと。

わたしはサンダルを脱ぎ、ベッドに腰かける。退屈だから、赤い爪の上に紫色を塗る。

あら、それじゃダメよ。古いのを落としてからよ。リムーバーを使う？　わたしのをお貸しするわ。待ってて。取ってくるから。

足の指を広げながら、彼女はよたよたと小さな浴室に入って行く。

はい、これ！　コットンパフも！

ありがと、テレーゼ。

彼女は狭いベッドにわたしに並んで腰をドスンと落とす。わたしはイライラして、身体をずらす。彼女はわたしの腕をなでた。

とってもエキサイティングね？

わたしはため息をつく。でも、気持ちを改める。

そうね、テレーゼ、すてきね、と優しい声で答える。


テレーゼは六二歳だ。キオスクを経営していたそうだ。夫が死に、息子の一人に先立たれ、店を手放した。すべてがたった一年の間に起きた。七人の孫のうちの一人がこのクルーズをプレゼントしてくれた。テレーゼは感激している。いい人なんだ。わたしと違って。

今晩はどこに着くんだったかしら、ええと……

アテネよ。

アテネ！　素晴らしいわね！　いっしょにお食事に行きましょうよ。

もう約束があるの。

なんですって？　まあ！　いったい誰と？

わたしはうんざりして、微笑んだ。

アルミン。

アルミン？

白髪の。食堂で隣のテーブルの人。

ああ！　ミュラー教授！　まあ、すてき！


わたしはテレーゼをしげしげ見た。彼女は足と同じ紫色に手の指も塗り上げている。彼女の顔に少し赤味がさしたのをわたしは見逃さなかった。

いっしょにいらっしゃいよ、とわたしは鷹揚に言った。わたしもその方が楽しいし、きっとアルミンだって、つまり、ミュラー先生も喜ぶわ。

本当？

彼女の顔がパッと光った。わたしの上にかがみこんで、頬にキスをした。

あなたって、いい子なのね！
そんな。

わたしは彼女から身体を離した。その時、リムーバーをひっかけて、少しこぼしてしまった。きつい匂いが狭いキャビンに広がる。テレーゼは雑巾をとりにすばやく動く。わたしはリムーバーのびんを床に立てて、ベッドに寝そべる。

両腕を頭の上で組み合わせ、満足だった。テレーゼとアルミンをくっつけるのは面白そうだ。いろんなシーンを想像してみる。二人を近づけてあげる、わたしも善人になれるかも……

ランチの後、わたしは微笑みを浮かべてアルミンにウィンクした。彼はすぐに立ち上がって、こちらのテーブルに寄ってきた。

テレーゼ、こちらアルミン。アルミン、仲良しのテレーゼを紹介させていただくわ。今晩、いっしょに来てくれるように頼んだの。

テレーゼは頬を染めた。

よろしいのかしら……お邪魔になるんじゃない……

とんでもない、どうぞ、どうぞ。

アルミンはテレーゼの手をとって、手の甲に顔を近づけた。

とても光栄ですよ。

わたしは二人を見ながら、クリスマスの天使みたいに微笑んだ。他人に親切にするのは、いいものだ。


ランチは貝料理だった。午後になってだんだん気分が悪くなる言い訳には、ぴったりだ。これで二人だけをアテネの町へ送り出せる。わたしはキャビンの自分のベッドにがんばって、テレーゼが持ち込んできたふるさとロマンの小説を読んで過ごした。テレーゼは午後ずっとわたしにつきまとった。どの服を着たらいいかしら、とか、新しい帽子が似合ってるかどうか、とか何度も話しかけ、時々思い出したように、病気のあなたに付き添わなくちゃ悪いわ、と言ったりした。

大丈夫よ、とわたしは強く言い張った。気分が優れないだけ、でもアルミンとの約束は守らなくちゃ。

これで、決まり、だった。

彼女は出て行く前、もう一度わたしの頬にキスした。我慢できないほど、嫌だった。うとましく、わたしは顔を背けて目を閉じた。

もう、行った方がいいわ、とわたしはささやいた。

薄目を開けて、彼女がドアから出て行くのを見送った。軽やかに興奮した足取り。わたしは身体をぐるっと回して、またふるさとロマン小説に熱中した。ふるさとの山の空気も悪くない。本を置いて、二人が今頃何をしているか、想像してみた。

面白い！　と大声が出た。自分で笑ってしまった。

小説は読み終えたが、まだ目が冴えていた。時計を見ると、真夜中少し過ぎていた。そっと立ち上がって、服を着た。どうせ一人なんだから、そっとする理由はなかったけれど。わたしはデッキに出て、すこし歩いた。誰もいない。デッキチェアに身を投げ、生温い夜の空気を思い切り吸い込んだ。なんだか気持ちがゆったりする。

しばらくすると、人の声がした。町へ出た人達が戻ってきたのだ。わたしはキャビンに戻って、ベッドで彼女を迎えよう、と考え、暗闇の中で思わず微笑んだ。

影が二つ、近づいてきた。動けなくなった。二人は腕を組んでいる。わたしのそばを通り過ぎた時、アルミンとテレーゼだ、と分かった。胸がドキドキした。素敵じゃないの！　寝そべっているデッキチェアからそんなに遠くない所に、二人は立ち止まった。彼はジャケットを脱いで、彼女の肩にかけてやっている。立ち上がって、二人にわたしの姿を見せるべきだったのだ。後になって思えば。

もうお部屋に戻らなくては、とテレーゼがため息をつきながら小声で言った。

合い部屋のチビさんが心配なの。

わたしはおでこに皺をよせた。チビさんて、わたしのこと？

そうですねえ。あの人は世話してあげないとね。あなたって、本当にすばらしい女性ですよ、テレーゼ。

わたしは密かにうなずいた。そうよ、テレーゼはいい人。でも、どうしてわたしの世話を？

あの娘さんは、ちょっと変ですね、とアルミン。すぐに分かりましたよ。残念ですが、わたしの助けは受け付けないようです。でも、あなたなら、テレーゼ……

テレーゼは低く笑った。

世界的に有名な精神科医、アルミン・ミュラー教授、そう、そうなのよ、先生からご覧になればね、とテレーゼはからかうように続けた。でも大丈夫よ、あの娘には、ほんの少し忍耐と理解をみせてあげればいいの。


ふたりはデッキを歩いて行った。わたしは夜の闇の中で、固まっていた。普通じゃない、忍耐と理解、精神科医。わたしがあんなに親切にしてやったのに、そのお返しがこれ。震えが体中を突き抜けた。わたしは飛び上がって、後ろの小階段を駆け下り、キャビンに走った。テレーゼがそっとドアを開けた時、わたしは眠っている、と彼女は信じたことだろう。

チャンスは二日後にやってきた。ミュラー教授はひとりデッキの手すりに身体をもたせ、葉巻をくゆらしながら静かな水面を見つめていた。夜一〇時だった。わたしは背後から近づき、腰の辺りを摑んで、海へ投げ込んだ。簡単だった。アルミンは小柄でほっそりしていたし、わたしは怒っていたのだから。誰にも見られなかった。翌朝の朝食の時、皆は彼がいなくなったことに気づいた。もちろん、遅すぎた。

クルーズの残りの日々、わたしは献身的にテレーゼの世話をした。慰めようもないほど彼女はうちひしがれていた。助け、忍耐、そして理解を彼女は必要としていた。

おれが父親になった夜

一人の子供がおれの人生を変えた。子供なんか欲しいと思ったことはない。というより、そんなことは考えたこともなかった。あの夜、急に腹がへった。ベッドから起き上がって裸足のまま台所へ行き、冷蔵庫を開けた。あくびをしながら、明るい光の中を覗き込んだ。冷蔵庫の中に、子供が座っていた。まだはっきり目が覚めていないんだ、と自分に言い聞かせて、じっと見つめた。夕食の焼き肉の残りがあるはずだった。子供は泣き出した。

あわてて冷蔵庫のドアを閉めた。震えが止まらない。ドアを通して子供の泣き声が響く。こんなことあるもんか。冷蔵庫のドアをまた開けて、そっと手を差し入れ、子供を取り出した。冷たい。おれはキッチンテーブルに腰かけた。子供は手の中だ。ものすごく小さくて、やせている。顔は赤くて、髪の毛はほんの少し。柔らかいところはどこもない。手足をバタバタさせ、全身の力で突っ張ってくる。突然シャックリを始めた。目はかたくつぶっている。使い捨てオムツと洗いざらしのコットンのシャツを着ている。紫色の小さな足が空中に突き出ている。おれは腹ペコだ。赤ん坊も腹をすかせているらしい。でも、こんなに小さな子に何を与えればいいのだろう？　温めたミルクと蜂蜜はどうだ？　子供は吐き出した。次はパンのみみ、それからバナナ。それにしても、誰も起きてこないのが不思議だ。いつもは、真夜中に起きだして冷蔵庫のドアを開けていると、きまって誰かが突然やってくるのに。眠そうに目をこすり、パジャマのズボンを引き上げながら、おれの一二時間ダイエットをからかうために。確かにおれは太っている。昼間は少ししか食べない。その代わり、夜中に腹が空きすぎて目が覚める。どうしようもない。

でもこのチビにはダイエットはまだ関係ない。ヨーグルトにバナナをつぶしたのを混ぜて、与えた。徐々に落ち着いてくれる。ゲップ。子供を大きいふきんでくるんで、そっとおれの部屋に連れて戻った。おれの部屋は廊下の突き当たりだ。台所からは一番離れている。でも、それが役に立つわけじゃない。夜中に目が覚めて、腹が減っていれば、距離は関係ない。

子供を抱えたまま、注意しておれはマットレスに横になり、毛布をかけた。横向きになって、腕の中で眠っている子供を薄明かりの中で観察してみた。チビは鼻で音を立てて息をしている。足をピクッとさせ、小さくいびきをかいた。しばらくするとおれの腕からふっと滑り落ちて寝返りをうち、眠りながらゆっくりと両手を伸ばした。その後は何の音も立てなかった。時々顔を赤ん坊の小さな胸に押し付けてみた。まだちゃんと生きているか、心配だったから。規則的な呼吸だった。

いつのまにか眠ってしまったらしい。明るい光の中、響き渡る泣き声で目が覚めた。おれは跳び上がった。腹ペコで心底混乱していた。マットレスの上、おれの横に毛布に半分くるまれて、やけに小さな赤ん坊が全身から声を振り絞って泣いていた。顔は黒ずんだ赤に染まり、両目は怒ったようにきつく閉じている。歯が全然生えていない小さなあごを見たとき、おれの中に奇妙な感情が湧いた。赤ん坊は腹を空かしている。使い捨てオムツはぐしゃぐしゃに濡れている。なんとかしなくては。

起き上がり、服を着て、濡れて震えながら泣き叫んでいる赤ん坊をおれの古いセーターでくるみ、インドのサリーの布で胸に下げた。子供が泣き止んだので、驚いた。そっとラムスキンのジャケットを着て、ジッパーを上まで閉めた。赤ん坊の頭だけ、ジャケットの襟のあたりから覗いている。おれは静かに家を出た。出入り口脇の大きな鏡におれが映る。もちろん、おれだ。

相変わらずのデブ。でも今朝はジャケットの隙間から覗いている小さな頭が、丸い腹の本当の理由だ。ゆっくりと階段をおり、何とも言えない誇らしい気持ちで道路に出た。おれを見る他人の目は、なんだか優しい。いつもと全然違うのを、はっきりと感じる。路面電車を試すことにした。普段だったら絶対にやらない行動だ。

二駅乗って、スーパーに入った。棚には使い捨てオムツが七種類も並んでいる。体重別、性別だ。ちょっと待て。おれの赤ん坊は男の子、それとも女の子だったっけ？　体重、って言われても。一番小さい、ガール、に決めた。男の子だったら、交換してもらえばいい。でもおれの気持ちでは、女の子のような気がする。オムツの包みをワゴンに斜めに放り込んで、ベビーフード・コーナーに向かった。

すみません。

若い女性が振り向いて一歩脇にどいてから、おれに微笑みかけた。おれに若い女性が微笑んでくれたのがいつだったのか、思い出せないほどひさしぶりだ。きれいな女性だ。おれも微笑み返す。いろんな商品で、なかなか決められない。何でも揃っている。粥、三種穀類粥、五種穀類、野菜ピュレー、果物入り朝食用飲み物、ミルク粥、大豆ペースト、調整ミルク……ちょっと困って、一つ一つ手に取ってはまた棚に戻した。若い女性はまだ傍で微笑んでいる。聞けば良かったのだ。どのベビーフードを買えばいいのか、本当は聞きたかった。でも、おれは恥をかきたくなかったし、この微笑みと別れたくもなかった。

お嬢ちゃんですか？　と彼女はおずおずとおれに尋ねた。

おれはうなずいた。

彼女は近寄ってきて、手を伸ばした。注意深く、赤ん坊の頭には触れずに。彼女のそういう態度がとても気に入った。

お名前は？

ソニヤ、とおれは言った。ためらうことなく。そう、ソニヤだ。

いい名前ですね。どれくらい？　三ヶ月？

ええ、いいや、四。四ヶ月です。今度の火曜日で。

彼女はもっと深い微笑みを浮かべ、くるっと身体をまわしてレジへ向かった。

おれは一瞬根が生えたみたいに立ちつくした。彼女を目で追ったけど、見失ってしまった。

生後三ヶ月までの乳児用調整ミルクに決めて、哺乳瓶、乳首、おしゃぶりの棚に向かった。おれは少し自信がついて、じっくり選んだ。ロンパース、上着、緑と紫の縞の毛糸のキャップを選んだ時は、もう父親として当然、のような気持ちだった。ソニヤにはどんな色が似合うのか、考えなくても分かっていた。瞳の色はまだ確かめていなかったけれど。

買い物をどんどんワゴンに放り込んで、レジに急いだ。あの女性がちょうど自動ドアの向こうに消えそうになっているのが見えた。レジ前の行列に並んでいる時、ソニヤが目を覚ましてぐずり始めた。おれは右足、左足、と体重を動かしてソニヤをあやし、急いだ。外に出て道を渡ろうとした時、後ろ姿が見えた。あの若い女性。どうしてあんな勇気が湧いたのか、自分でも分からない。でもおれは彼女に「ハロー」と呼びかけていた。彼女は振り向いた。

ハロー、電車を待ってるの？

いや、歩き。

おれはちょっと立ち止まって彼女を見た。寒さで鼻が赤くなっている。髪の毛は羽のように頭に渦巻いていた。彼女の名前はヘレン。電車が来た。ソニヤがまたぐずり始めた。

あ、わたしの電車、とヘレンは言って、踏み板に片足をかけた。まだ乗り込んでいない。おれは深く息を吸った。

今日の午後、チビちゃんと動物園に行くんだ、とおれは一息で言った。いっしょに来る？

三時にね、と彼女は叫んで、もう走り始めている路面電車に飛び乗った。

三時だよ、とおれも彼女に向けて叫んだ。

ウキウキして家に戻った。ソニヤはおれの腹の上で揺さぶられている。こんなこと、おれには今までなかった。全然なかったんだ。若い女の人とデートするなんて。

グループホームの仲間たちは朝食の最中だった。

おはよう、と開いているキッチンのドアに向かっておれは声をかけた。誰も見ないようにして。そのまま急いで浴室に入った。

おい、何にも食わないのか？ と誰かの声が背後で響いた。

おれは何にも答えずに、浴室のドアをしっかり閉めた。ふんわりとソニヤを床の絨毯の上に寝かせて、古セーターをはがす。ソニヤは足をバタバタさせた。細くて、皺がある足。濡れて重くなっていたオムツを外した。女の子だ。おれには分かってた。洗面台でソニヤを洗う。注意深く拭いてあげて、オムツをつけ、新しい服を着せてから、また絨毯の上に寝かせた。哺乳瓶をミネラルウォーターで準備して、熱い湯の蛇口の下で温めた。子供を腕に抱え、トイレの蓋に腰かけた。

チビすけは夢中で飲んでいる。おいしそうに飲みながら、赤ん坊はおれを真っすぐ見つめた。青い瞳だ。

浴室からおれの部屋は直接通じている。おれは部屋の中を行ったり来たりした。ソニヤはおれの肩越しに覗きながら、ぐふぐふしたり、ゲップをしたりした。揺れているカーテンを引っ張って、笑っている。突然、腕の中でソニヤが重くなった。静かにベッドに寝かせ、ウィンクして部屋を出た。キッチンに行ってみると、みんな待ち構えていた。

おい、どこ行ってたんだよ？　何にも食わないのか？

おれはテーブルについて、コーヒーをついだ。

いや、いらない。

どうしたんだよ？　ダイエットでもしてるのか？

響き渡る大笑い。おれは知らん顔でコーヒーを飲んだ。
今日の午後、デートなんだ。
デート？
連中は音を立ててコーヒーカップをテーブルに置いた。
おまえが？
うん。おれがデートしちゃいけないってことないだろ？
沈黙。おれがデブすぎるから、と、はっきりとは誰も言わなかった。
三時なんだ。おれは自信いっぱいに言った。三時にソニヤとヘレンと。動物園で。
ソニヤとヘレン。これがとどめの一言だった。
おれはもう一杯コーヒーを注いだ。

わたしの第七の殺人

彼の声に気づいた時、アウトバーンを走っていた。夕暮れの空はバラ色。ラジオは人生相談だ。どうでもいい番組。

僕がいっしょに住んでる女性のことなんですが……と彼は言った。柔らかく、心のこもった女性の声。それで？

その時、ちょうどドライブインがあった。わたしはパーキングに入った。両手の震えが止まらなかった。わたしはラジオのボリュームをあげた。

そのひと、なんだか怖いんです。

彼だ。聞き間違いじゃない。

……いえ、なんかあるっていうんじゃないんです。でも、毎日、七時半ごろ、もうすぐ彼女が帰ってくるって考えると、怖いんです。うまく言えないけど。なんだか、妙なんです。そのひと。知り合って三ヶ月くらい。ずっといっしょに暮らしてます。この町では、他に知り合いはいません。僕は一日中ずっと家にいて、彼女が帰ってくるのを待ってるんです。はじめのうちは、とてもいい人だ、と思ってたんです。でも、今は……そのひと、言うことがちょっと変なんです。考えてみれば、彼女のこと、何にも知らないし。前は何をしてたのか、とか。なんだか恐ろしいんです。

あなたは今の状態で、幸せじゃないのね。

その声は、聞いてるんじゃない。確認してるんだ。その優しい声は。わたしは呼吸ができなくなった。

彼はため息をついた。幸せとは、ちょっと……

分かったわ。ラジオの声はまた明るくなった。もうすぐ放送時間が終りになるんだろう。それなら、あなたがしなくちゃいけないことは、ただ一つ。荷物をまとめて、出て行くのね。

今、すぐにですか？

ホッとしたような、慌てたような、彼の声。やっと一歩、また一歩と歩き出して、もっと走り出していいか、お母さんの許しを待っている子供みたいな。彼女の許しが出た。

それが一番いいと思うわ。がんばってね。さ、次の相談者は、アンドレア。アンドレア、聞いてます？

わたしはラジオを切った。ハンドルに額を押し付ける。これから家まで、あと一時間はかかる。彼が荷物をまとめて出て行くには、十分な時間だ。帰ってもまた家は空っぽなんだ。これからも……

長い時間が過ぎたように思ったが、そうでもなかったのかもしれない。わたしは頭を上げて、深呼吸をしてから車を動かした。町へ向かう。わたしは落ち着いていた。

頭の中で、彼の声が何度も何度も響いた。同じ言葉だ。

初めのうちはとても楽しかったんです。でも、今、あのひと、こわいんです……幸せですか、って？　いえ、違います、違います、違います。

わたしは楽しかった。この三ヶ月。毎晩、毎晩、彼が待っていてくれることが嬉しかった。わたしもこの町に知り合いはいない。偶然この町に流れ着いたのだ。幸いすぐに職と部屋が見つかった。仕事は外回りで、ほとんど一人で過ごしていた。ある朝、家の前で男が声をかけてきた。タバコ、ありますか？　持っていた。お天気のことを、二言、三言話した。ものすごく寒い日だった。彼は鼻をすすり、わたしを見た。青い瞳だった。彼にわたしの部屋の鍵を渡し、待っていて、と頼んだ。夕方仕事から戻ってみると、彼はまだ部屋にいた。わたしを待っていてくれたのだ。料理まで作って。魚のスティック、じゃがいものピュレー。わたしの大好物。わたしたちはいっしょにテレビを見て、その後彼はソファで寝た。これまで三ヶ月、ずっとそうしてきた。今日は、もう違うんだ。彼はいない。これからも。町が近づいた。わたしは決心していた。

わたしは標識に従って放送局の建物に着いた。町はずれのうす汚い建物。駐車場で、車のライトをすべて消した。そうして、待った。あの女が出てくるのを。待って、待ち続けた。彼女が自分の車に乗り込むのを。彼女に話しかけるのか、それとも彼女めがけて車を突っ込むのか、まだ決めていなかった。それからまた、長いこと待った。怒りが消え、空っぽの部屋を恐れる気持ちが静まるまで。わたしはゆっくりと車を降り、明るく照らされている玄関ホールに向かった。受付に若い女の子が坐っていた。リズムよくガムを噛みながら雑誌に夢中になっている。ガラスの窓口を叩くと、きょとん、とした顔を上げて、カウンターを開けた。わたしは、どうとも聞こえる名前をもごもご告げて、人生相談の先生とお約束があるんですが、と言った。先生は資料室、と女の子は面倒くさそうに言って、道順を説明した。わたしは渡された紙切れにサインした。判読不可能なサイン。

隅々まで照らされている通路を通って、奥のレコード資料室にたどりついた。

ハロー、と呼んでみた。ハロー?

なによ、いったい。ラジオではあんなに柔らかく優しく聞こえた声が、わたしのすぐ後で神経質に響いた。

ちょっとお話したいことが。ついさきほどの放送のことで。

あなた、誰？

棚の後から頭がのぞいた。わたしをいぶかしげに見ている。もうあんまり若くはない。眼鏡が鼻の先に乗っている。わたしはおずおずと微笑んだ。

さっき電話相談した若い男性のことなんですけど……

なにゴチャゴチャ言ってんの。そこ、気をつけてよ！

うっかりしてわたしは近くのハンドルを回してしまった。資料が高くいっぱいの棚が静かに後に滑っていく。彼女は慌てて一歩横に避けた。

ハンドルを触らないで！　と彼女は鋭く命令した。

人差し指で彼女は眼鏡を上に押し上げた。灰色の髪が額にかかっている。口紅はダークレッド。わたしは彼女を理解した。声だけじゃない。彼女の仕事を、だ。

何の用？　忙しいんだけど。

わたしは深く息を吸った。

さっきの話。彼に、荷物をまとめてすぐに家を出なさい、って言いましたよね？　今日、今すぐ出て行けって。そうしたら、わたしが家に帰っても、彼はもういないってことなの。分かります？

彼女は目玉を大きく回してわたしを見、頭を振った。

さ、いい子だから！　何でも分かるってわけじゃないのよ！　ほんとに！

彼女は棚の後ろに入っていった。何かを探しているらしい。

何か問題があるんなら、電話して！　毎週、火曜と金曜、二一時からよ！　番号はね……

人生相談の番号なら、そらでおぼえている。わたしは両手でハンドルを握り、思いっきり回した。金属の大きな棚がお互いにすごい音をたててぶつかる。彼女の叫び声が、真昼のように明るい通路に響いてわたしを追って来た。でも、わたし以外に声を聞いた人はいないようだった。

わたしは受付の女の子に会釈し、駐車場に行き、車で家に帰った。建物のなか、階段の踊り場に焦げ臭い匂いが漂っていた。わたしは疲れきって階段を上った。自分の部屋の鍵を探してバッグをまさぐっていると、ドアが内側から開いた。

遅いんだもん、魚のスティックが焦げちゃったよ、と彼が言った。

浮上

濡れていた。道路の真ん中だった。彼の唇は柔らかかった。わたしの膝も震えている。心臓が鳴っている。わたしは目を閉じた。

ふたたび浮き上がった時、雨の中にいた。わたしは完全に混乱していた。誰かがわたしにキスした。そんなに前のことではない。彼の匂いも、唇も覚えている。でも、それだけ。髪の毛から滴が滴り落ちて、目に入った。彼の名前は知らない。よく考えてみれば、わたしは自分の名前も思い出せない。震えながら、コートを身体にきつく巻き付けた。緑色のプラスチックのコート。自分のものとは思えない。こんなの、好みじゃない。わたしは襟を立てた。水滴がうなじに流れる。辺りを見回してみる。橋の上に立っていた。人々が横を足早に通り過ぎてゆく。見覚えがない通り。車。川。雨。スーツ姿の男が一人、通りを走っていく。自分の靴を手に持って。何時なのか分からない。午後かもしれない。ここに立ち止まっているわけにはいかない。橋を渡って、まっすぐ歩く。通りには路面電車のレールが走っている。商店はもう閉まっている。わたしは急ぎ足で、しっかりと進む。この雨の中、行く先をきちんと知っている人間みたいに。道路標識を読む。わたしの母国語だ。やれやれ、と思う。足が痛い。わたしは立ち止まって、靴を脱ぐ。安物の黒いエナメル靴。かかとにピンクのリボン。馬鹿みたいに高いヒール。びっくりして靴を見つめる。わたしが誰であろうと、自分からこんな靴を選ぶはずがない。このみっともないプラスチック・コートも、だ。わたしが選んだのじゃないことだけは確かだ。そう考えると、少し落ち着いた。そういえば、とコートを開いてみた。その下に何を着ているのか、知りたかったから。

わたしは紫色のトレーニング用パンツをはいていた。その上にチュールの小さいスカート。胸から上は黒いナイロン製。腹はむきだし。大急ぎでわたしはコートのボタンを閉めた。まさか。これは悪い夢だ。

目を覚ますのよ、と大きい声で言ってみた。目を覚ますのよ！

通りすがりの人がけげんな顔でわたしを見た。夢じゃないんだ。わたしは急いで靴をはいた。靴はこれしかない。雨の中を裸足で立ち止まっているわけにはいかない。しかたなく歩き出す。ウィンドウのガラスにわたしの顔が映る。チラッと眺める。斜めから。顔は、とりあえずわたしの顔だ。それだけは確かに分かった。立ち止まって、自分の顔を見る。目を大きく見開いている。誰かがわたしにキスした。それ以外は全く覚えていない。悲しくなった。

コートのポケットに手を突っ込んでみた。指が何かプラスチックのものに触れる。小さなポーチみたいだ。心臓が激しく鳴る。子供用のお財布だった。ミッキーマウスの顔の形。耳と耳の間に、チャック。あわてて開けてみると、お金が入っていた。お札もコインも。知ってる金だ。かなりたくさん。ありがたい。指先で触る。口紅もあった。ねじってみる。ケバケバしいピンク。小さくたたんだ汚い紙切れ。開いた時、指が震えた。医者の処方箋。避妊ピル一年分。患者名、ローズマリー・シュナイダー。ローズマリー・シュナイダー。いったい誰だろう？　処方箋に押してある薬局のスタンプを数えてみる。そうすると、今は六月か、七月のはずだ。ローズマリー・シュナイダーがきちんとピルをのんでいたとすれば、だけれど。なんだか、がっかりした。でも、名前が書いてあるし、ピルを処方した医者の住所も書いてある。お金も見つかった。バーに行って、コニヤックが飲める。当然のようにそう思ったし、実行した。雨は弱くなって、通りはまた活気づいていた。バーを一軒見つけるのは、難しくなかった。隅っこのテーブルに坐り、レミーマルタンを注文した。この銘柄はすらっと口から出た。きっと習慣になっていたのだろう。テーブルにはピーナッツの小皿。わたしは夢中で食べた。もう一杯レミーマルタンを注文する。気分は少し良くなった。両脚を伸ばす。足の痛みは深刻だ。この靴は絶対わたしのものじゃない。

よく考えて。思い出すのよ。

誰かがわたしにキスした。それ以外、何にも思い出せない。だめだ。

イライラして、額に皺をよせた。突然タバコを吸いたくなった。コートのポケットにタバコは入っていない。わたしはバーの後ろの方に歩いた。タバコの自動販売機がありそうな場所。そこに公衆電話があった。腹立たしい思いが募る。電話帳を開き、ローズマリー・シュナイダーを探した。この名前で幾人かいる。職業が書いてない人を選んで、電話した。

ローズマリー・シュナイダーです。ただいま留守にしております……

わたしは受話器を落とした。不愉快な声。わたし自身の声。聞き間違いではない。

タバコを買って、席に戻った。ボーイに合図して、マッチと、メモ用紙とボールペンを借りる。タバコに火をつけ、紙に書きつけた。ローズマリー・シュナイダー、住所、電話番号。ピルの種類、婦人科の医者、住所、電話番号。

ちょっとの間、考えてみた。これで何かが判明したわけではない。紙片を丸め、灰皿に投げて、また新しく書いた。

わたしはローズマリー・シュナイダーじゃない。わたしは喫煙者だけど、その人は違うもの。そうだ、違う。

ペカペカ光るプラスチック製品なんて、わたしは絶対着ない。高いヒールになんか慣れていない。

でも、留守電から聞こえてきたあの声は、確かにわたしの声だ。

わたしは鍵を持っていない。身分証明書も持っていない。誰かがわたしにキスをした。

深いため息とともに、わたしはボールペンを置いた。わたしが覚えているたった一つのこと。唇。キス。あんまりはっきりしているので、目を閉じてしまう。コニヤックの支払いをし、タクシーを呼んでくれるようにボーイに頼む。雨はまだ続いている。タクシーの運転手に、ローズマリー・シュナイダーの住所を告げた。たいして遠くはなかった。うす汚い、古い家。運転手に待っていてくれるように頼んでから降りた。

家のドアには鍵がかかっていない。階段の照明は壊れている。ひとつひとつドアの表札を読みながら、ゆっくりと階段を上った。名前が出ていない住まいもある。やっと五階の左側に、ローズマリー・シュナイダー、と書いてあるピンクのシールを見つけた。黒のサインペンで、子供っぽい丸文字。絶対にわたしの字じゃない。返事はない。もう一度チャイムを鳴らす。中ではチャイムがけたたましく響いている。何も動く気配はない。そっと用心深くドアノブを押してみる。鍵はかかっていなかった。中に滑り込む。暗い。反射的に電気のスイッチを押す。ドアの左側。

ハロー？　呼んでみた。ハロー？

そこは長いフロアだった。靴の上にまた靴がいっぱい積み上げてある。高いヒールの安物ばかり。かがんで靴を一つ掴む。先が尖ったピンクの人造皮革の靴。左のドアが開けっ放しになっている。わたしは靴を両手で握って、部屋に入った。ここも真っ暗。スイッチは反射的に見つけた。部屋は小さい。使い古した寄せ木張りの床に、いろんな服が山積みになっている。隅に白いベッド。渦巻きの飾り付き。ベッドの上にはテディベアがいくつも。それに、女性が一人。黒い髪の毛はベッドから垂れ下がって、床に触れそうになっている。床は汚い。この女性は死んでいる。一目で分かった。

わたしの手から靴が落ちた。灯りを消し、家から出た。

タクシーは待っていてくれなかった。黒い夜。わたしは適当な方向に歩き出す。何も考えていなかった。できるだけ早足で歩いた。バカみたいな靴のまま。わたしのものじゃない靴。やっと遠くに橋の輪郭が見えた。大きく息をして、歩みをゆるめた。とうとう橋にたどりついた。立ち止まり、欄干にしがみついて下を覗く。黒い川が流れている。

誰かがわたしにキスをした。ここで、確かに。わたしは振り返り、待った。

わたしの第八の殺人

わたしは自分の人生をすっかり変えてみたかった。すてきな小説のヒロインみたいに、行き先なんて全然知らない汽車に乗った。一晩と半日乗り続けて、小さな町で降りた。うす汚くて埃っぽくて日が照りつける町。数日後、町のスーパーで仕事を見つけた。レジ係。わたしは外国人で、本当は労働許可も持ってないし、言葉だって正確にはできないのだけれど。でも、数字はどこだって同じだ。わたしは崩れそうな家のなかの家具付きの部屋を借りた。家は昼も夜も騒音でいっぱいの道路に面していた。人声や車のクラクション、音楽。

ある朝、家のまわり全部に工事用の足場が組まれた。工事の男たちが危なっかしい板の上を歩いている。彼らは冗談を言い合っていた。わたしは家を出て、ハンドバッグからバス代の小銭を取り出そうとしていた。ちょうど足場の真下にいた。突然卑猥な言葉や口笛があられのようにわたしに降ってきた。ハンドバッグをきつく脇に抱え、うつむいたまま急いで通りを横切った。足がからんで、汗びっしょりになり、顔が赤くなった。夕方、家へ戻って来た時も同じだった。工事はまるで終わりそうにない。毎朝わたしは、足場が消えますように、工事の男たちがいなくなりますように、と祈った。毎晩家へ帰るのを少し遅らせた。

スーパーの一日は長い。チカチカする蛍光灯、エアコン、それに孤独。仲間の女性たちはわたしに声をかけなかった。わたしが言葉をあまりできなかったせいもある。わたしはしょっちゅうミスをした。ボスはわたしの後に立ってチェックし、わたしの肩に息を吹きかけた。

あの日はとくにひどかった。ボスはわたしの脇からほとんど離れようとしなかった。彼の臭いがした。店じまいの時、わたしのレジはもちろん計算があっていなかった。ミスが見つかるまで居残りを命じられた。夜遅くなって、やっと帰宅の許可が出た。外はまだ熱い。わたしは歩いて帰った。たいした距離ではない。背中が痛かった。工事の足場は、ちょうどわたしの部屋がある階にまで上がっていた。疲れきって階段を上り、部屋のドアを開けた。ペンキと埃の匂いが押し寄せる。わたしの部屋の窓の真ん前に足場の板が見え、色ペンキのバケツが置いてあった。バッグをテーブルに置いて、中身を取り出した。スーパーから持って来た食料品。品質保証期間切れ品。クラッカーに生チーズ、ピクルスを食べる。飲み物はウォトカ。

辞書を取り出して、勉強する。ここの言葉を覚えたかったたし、他にすることもない。それにしても熱い。今夜は通りの騒音が特に神経にさわる。わたしは窓を閉めに立ち上がった。彼がいた。スーパーのボスが。彼は家の前の通りに立って、わたしを見上げていた。わたしは窓のブラインドを閉めた。騒音は鈍い音に変わった。しばらくの間、わたしはじっと坐っていた。薄暗がりに目を凝らして。それから明かりをつけ、辞書をまた読み始めた。この夜はBまで進んだ。

目が覚めた。誰かがベッドの横に立って、わたしに何かを叫んでいる。わたしが理解できない言葉で。部屋は暗い。心臓が破裂しそうだ。起き上がった。誰もいない。とても早い。まだ目覚ましが鳴る時間になっていない。大きな声は部屋の外から聞こえているんだ、ということが分かるまでに少し時間がかかった。窓のブラインドが閉まっているのを確かめる。窓の真ん前の足場を男たちが行ったり来たりしているのだ。まるで彼らが部屋の真ん中を通り抜けているような感じだ。起き上がり、服を来た。大急ぎで、暗がりの中で。逃げるように家をあとにした。頭を肩の間に埋めるようにして、男たちの叫び声から走り逃げた。通りを二つ行ったところに、セルフサービスのレストランがある。わたしはそこで毎朝朝食をとっていた。不潔で居心地が悪い店だ。でも、この朝だけは店に着くとホッとした。のろのろと時間を過ごし、べタつくテーブルを指でなで、コーヒーのお代わりを二杯目、三杯目、と繰り返した。仕事には遅刻した。ボスは不機嫌だった。二〇分の超過勤務の命令。もちろん、夕方に、だ。ようやく帰宅した時は、死ぬほど疲れていた。部屋はいつも以上によそよそしく、汚く思えた。雑巾であちこち拭いた。明かりの下で。窓のブラインドは閉めたままだ。彼がまた道路に立ってわたしの部屋を見上げているのは、知っていた。この夜、辞書は半ページも読まなかった。その代わりウォトカのビンは空にした。

次の週も勉強はBより先に行かなかった。わたしの部屋の洗面台の下には空になったビンがどんどんたまっていった。毎朝窓の男たちの声で目覚めさせられ、毎日仕事に遅刻し、ミスもますます増えた。毎晩ボスが窓の下に立っているのを知っていた。とうとうボスはわたしをクビにした。その日の夕方、わたしは久しぶりに窓のブラインドを開けて、空気を入れ、身体をのり出した。そこに彼が立っていた。彼は手をあげて、小さく合図を送ってきた。びっくりして後にさがった。わたしはテーブルで辞書を開いた。本当にこの言語を勉強したいのか、急に不安になった。目がページを追うだけになった。集中もしていないし、覚えてもいない。BからCのページへ。胃が鳴った。今晩はスーパーから期限切れ食品を持って帰る勇気がなかったのだ。セルフサービスのレストランに行って、チーズケーキを食べよう、と決めた。これまで何度もしていたことだ。わたしは辞書や本を閉じて、背筋を伸ばした。熱くてこくがあるチーズケーキ。こんがり薄茶色に焼けたパリパリの皮。皿のはしにトマトが一切れ。でも下には彼が立っている。だめだ。彼の横を通り抜けられない。わたしはコップを空け、明かりを消し、ベッドにもぐり込んだ。ブラインドは開いたまま。わたしは長い間、目を大きく開いて、天井を見つめていた。お腹がすいている。それでも眠りに落ちそうになった時、物音が聞こえた。

完全に目が覚めた。音を立てずベッドから抜け出て、そっと窓際に寄った。スーパーのボスが工事の足場をよじのぼって、わたしの部屋の窓をめがけている。不器用な動き。時々足場の棒にぶつかって、怒声を吐き出している。彼のアルコール臭い息が感じられる。わたしはパジャマのすそを腹の上で結んで、窓枠によじ上った。しゃがんで、飛び出す瞬間を待った。彼が荒い息づかいをしているのが聞こえる。近づいて来た。

彼はわたしの白いパジャマを見たはずだ。闘いは短かった。彼はわたしを部屋の中へ押し戻そうとした。わたしはそれを避けようとした。怖くてうなった。他にどうしようもなかった。わたしは足場へ飛び移り、しゃがんで、両手で鉄の棒にしがみついた。彼はまるで猫を摑むようにわたしの首筋を荒々しく振った。

わたしはうめき声を上げた。彼はわたしを突き戻した。怖かった。男が襲ってくる。足を縮め、それから思い切り突き出した。全身の力で。彼の腹の真ん中に当たった。落ちながら彼はもう一度罵声をあげた。わたしは耳をふさいだ。それでも彼が地面にたたきつけられる音が聞こえた。恐ろしい響きだった。反射的にわたしは半分色ペンキが入っている重いバケツを持ち上げ、彼の上に投げ落とした。それからわたしはしゃがみ込み、両腕で膝を抱き、額を押し付けた。涙が溢れ出て、足場の板の隙間から道路に滴り落ちた。

最後のピザ

男は事務デスクに向かって、紙切れの山を右から左へ、左から右へと積み上げていた。シャルロッテが入っていくと、彼は頭を上げた。

女だな、と彼は言った。

ええ、とシャルロッテは言った。そう見えませんか？

見えるよ。

彼は顔をひきつらせた。

なにか、女性に反感でも？

彼はためらい、鉛筆を遊ばせた。下から彼女にきつい視線を送る。さんざん鉛筆を回してから、とがった先で二番目の椅子を指した。

かけなさい。

シャルロッテは坐った。

で、なんだね？

彼女はタバコに火をつけた。緑色のバンドで止めてある髪の毛は濃い色の噴水のように顔にかかっている。男はため息をついた。

女ね！　彼はため息をつく。女は難しいよ。この事務室に男が入ってくれば、おれは一目で分かるんだ。どういうタイプかってさ。気難しいか、ノロイのか、生意気かってね。男ならおれは分かるんだ。でも、女はなあ！　今時の若い女たちは元気がいい。そのくせ突然ムラ気をおこしたり、恋の悩みやら生理前症状とやらがあったりするんだ。

彼の声はむずかる子供のように不機嫌に響いた。

どうしたもんだろう？　車の運転はできるんだな？

シャルロッテはタバコをもみ消して、立ち上がった。てのひらでスカートを引っ張って、少し長く見えるようにした。車の運転、できますよ、と彼女は穏やかに言った。恋の悩みもありません。すぐにでも始められます。

男は頭を横にかしげ、決めた。

そんなら、よし。

こうしてシャルロッテはピザ屋の配達人になった。もちろん彼女は恋の悩みを抱えていた。でも誰にも悟らせなかった。彼女は仲間内で一番速い配達人だった。週末の当番にまわされたたし、一番難しい配達ルートを与えられ、大量注文や、ちょっとやそっとでは見つけられない辺鄙な配達先を命じられたりした。彼女は緑の小さな配達車で町中をまわり、ラジオをガンガン鳴らした。初めのうちキッチンでは、え、もう戻ってきたの？　と感嘆の口笛で迎えられた。

まもなく、みんなそれにも慣れた。事務室の男も、これまで雇ったうちで彼女が一番速くて、ベストで信用できる配達人だ、と認めた。しかし彼女以外、女性はあいかわらず雇わなかった。シャルロッテは例外だ、と思われたのだ。彼女には気分のムラもないし、恋の悩みも生理前症状にも無縁だ、と。

緑色の小さなキャップだけは、彼女は規則に反してかぶろうとしなかった。噴水髪型に合わないから、と言い張って。みんなも認めた。

シャルロッテは片手でハンドルを操作した。スピードを出した。ラジオに合わせて歌い、タバコを吸い、片腕は窓から外に下げた。暖かい夕暮れ。一〇時過ぎ。六月の土曜日。

キッチンに戻った時、もう次の注文が待っていた。

急いでよ、とピザを作った若者が言った。三軒だよ。みんなラング通りだから、問題ないよ。

シャルロッテはうなずいた。

問題ない、と彼女は言った。あそこに前、住んでたことある。なら、なおいいや。

若者は彼女の腕にピザの箱を重ねた。彼女はピザをかついで車に向かった。注文票をアゴの下にはさんで。空気はまだ温かい。彼女は横向きに車に乗り込み、ピザの箱を助手席に置いて、注文票をじっくり見た。残っていた左足のヒールで路面を蹴った。三枚目は自分が住んでいた住所。足を車の中に引き入れ、ドアを閉め、スタートした。

ラング通り一二番地。三年間あそこに住んだ。今はもう違う。マルティン・ヘルシュタープ、ラング通り一二番地。今は誰か別の人と住んでいる。三枚目の注文。アーティチョークのピザが一つと、ケーパーとアンチョビーのピザが一つ。シャルロッテはこれまでになかったほど飛ばした。マルティンはアンチョビーは嫌いだ。つまり、このピザは誰か他のひとのため。他の人。他の女性。今あそこに住んでる女性。ラング通り一二番地。

アーティチョークの芯はハートの形をしてる。マルティンのため。

彼女は他のピザは全部窓から投げ捨て、走った。一二番の家の真ん前に車を停めた時、もうすぐ一一時だった。急いだのに。ピザはもう熱くもないし、パリッともしてないだろう。彼女はドアの下二つの呼び鈴をいっぺんに押した。こうするとドアが開く。これだけじゃない。なんにも忘れていなかった。ピザの箱二つでバランスをとりながら、階段を四つ上った。なんにも変わっていない。彼女がもうここには住んでいないことを除けば。その代わり、誰か別の女性。部屋のネームプレートには彼の名前しかなかった。だからって、何の意味もない。彼はいつもそうだった。三年間も。彼女はチャイムを鳴らした。しばらく何も聞こえなかった。やっと彼の足音がする。彼はドアを開けた。裸足だった。古いTシャツとタオル姿。青いタオルが腰に巻き付けてある。

やっと、来た、と彼は言い、少ししてから彼女だと悟って、目をチカチカさせた。

きみか？　と彼は言い、ひきつった笑いを浮かべた。きみか？？？

彼女は彼のためにこの青いタオルを買った店を覚えている。

そう、わたし。

彼女は二つの箱を落とし、さっとナイフを突き出した。

やっぱりな、おれ、分かってたんだよ、と男はうなった。女どもときたら！

わたしの第九の殺人

汽車はずっと嫌いだった。絶え間なく揺れる音。匂い。人間たち。それでもわたしは一年間、町へ列車通勤した。朝一時間。夕方一時間。毎日、同じ顔。毎日同じ景色が窓の外を流れる。行きも帰りも。

初めのうちはいつも六時一五分に起きて、シャワーを浴び、服を着て朝食、バッグを抱えて早めに家を出た。七時三分の汽車に乗るために。汽車はいつだって遅れた。わたしは沸き上がってくる憎しみを押さえながら、毎日同じ人々が集まってくるのをプラットフォームに立って見ていた。心の中で坐れる人数を数えた。どの辺りに立てば、これから入ってくる汽車のドア近くになるか、知っていたから。もちろんそんなことは他の人たちも知っていて、人々はプラットフォームのここ、あそこに置かれたブドウの房のように立って、汽車に跳び乗ろう、と待ち構えていた。お互いに他人のことはいっさい構わない。夏の間は特にひどかった。学校の始業が早くなるから、汽車は若く、可愛い、そしてうるさい生徒たちでいっぱいになった。彼らは本を投げ合ったり、音楽を聴いたりしていた。

わたしは起きるのがだんだん遅くなった。朝食は抜きにした。でも、シャワーは欠かさなかった。発車間際の汽車に濡れたままの髪で飛び乗ったことも稀ではない。冬には冷たい空気で、濡れた髪の毛の先が凍った。汽車の中に入るとすぐに溶けて、水滴が襟に落ち、首筋を伝わった。

汽車はいつも遅れた。正確に来たことなどほとんどなかった。郊外を走り、四分ごとに止まって、新しい人々を呑み込んで走った。次々に人が通路にも溜まっていた。彼らはあくびをしたり、タバコを吸ったり、新聞をガサガサさせた。わたしはかなり遠い所に住んでいたから、たいていは坐れた。でもわたしが乗る駅に着いた時には、もう満員になっていることもたまにあった。そういう日は一日、気分が腐った。汽車は町へ向かっていた。町でわたしは電話の仕事をしていた。八時から五時半まで。仕事帰りには買い物をした。いつも大急ぎで。一八時一一分の汽車にギリギリで乗った。帰りの汽車では坐れない。わたしは通路にへばりついて、買い物袋を抱え、口で呼吸した。夕方の汽車の匂いは我慢できなかった。皆のコートにその日全部が張り付いている。肩と肩がぶつかる。帰りの汽車の感覚は、憎悪。自分でも驚くほどに。

一年過ぎた時、なにもかもにウンザリした。田舎暮らしにも、仕事にも、特に汽車に。わたしは退職し、部屋は新しい借り手を見つけて引き渡し、旅に出た。汽車で。

わたしは、寝台車、ファーストクラスを選んだ。嬉しかった。旅行のために素敵なトランクといろんな大きさのポーチを買い、おしゃれなサンドイッチと山ほどの雑誌を詰め、髪の毛を高く結い上げた。旅行におすすめ、といわれるスーツを着た。ハンドバッグには、個分けにしたティッシュを入れた。レモンの香りがするウエットティッシュ。用意万端。心から満足だった。

わたしは自信でいっぱいだった。この旅行を楽しまなくては。わたしのトランクを持って、予約席に案内してくれる車掌の後について、コンパートメントに向かった。期待で胸がふくらんだ。車掌がドアを開いてわたしに会釈した時、前もって数えておいたチップをたっぷり渡した。コンパートメントは思っていたより狭かった。下のベッドに女性が一人、坐っていた。ものすごく太っている。彼女一人でコンパートメントが埋まってしまってる感じだ。こんなこと、予想もしていなかった。顔に浮かべた微笑みが固まるのを感じた。

今晩は、と声を出して、荷物を置いた。不安だった。太っちょは大きく息をした。

嫌になるわねとんでもない暑さだわ全くまるで真夏ねあなたベッドの用意はもうできてるのわかるでしょ上のを使ってよねあたしは下じゃないとこの体重じゃ上に行くのは無理ってもんよあたしフーヴィラーあなたどこまで？

彼女が喋っている間、わたしは思わず息を止めていた。この太った女がベッドの角に腰かけているのを見た瞬間、この人はわたしの旅を滅茶苦茶にする、と悟った。あんなに楽しみにしていたのに。それがいっぺんにたたき落とされた。わたしの唇の端が静かに震えた。もう少しで泣き叫びそうになるのを、こらえた。名前を小声で言うと、バッグを網棚の上に投げて、上のベッドにはいあがった。天井のあちこちに頭がぶつかった。旅行用に新しく買ったネグリジェをトランクから出して、枕の上に丁寧に置いた。そのとたん、フーヴィーラーさんの顔がベッドの下から浮かび上がって来た。好奇心で光っている。

まあすてきなネグリジュでも少し大胆すぎるみたいあらあなたのスタイルなら着れるわよね百パーセントシルクってわけじゃないでしょいいとこ混紡よね。

あっというまに彼女のむきだしの指がわたしの薄いネグリジェを摑んで揉んでいた。わたしは彼女の手の甲を殴りつけたい衝動をどうにか抑えた。彼女の息は笛のように鳴っている。

ふううんなんて素敵な布地安くはないわねでもまあいいんじゃないのだって人生若いのは一度きりですもんね。

わたしは彼女の手からネグリジェをもぎ取った。ネグリジェの楽しみまで彼女は奪ったのだ。彼女の指がシワクチャにした場所を丁寧に平らにのばし、きれいに畳み直した。今夜は下着だけで休もう。

フーヴィーラーさんのネズミそっくりの目玉がわたしのベッドの下で光っていた。彼女の太った身体、声、自己中心の傲慢、臭いがコンパートメントに満ちていた。わたしはハンドバッグを腹に押し付け、失礼、と小さく言って、はしごを降りた。さっそくわたしの荷物を全部まさぐるんだろう、そうしてわたしの雑誌をめくるんだろう。もう息ができない。わたしはコンパートメントを出た。

通路の開いた窓の横でタバコを吸った。吹きつける風で髪がほどけた。涙があふれた。風のせいか、タバコの煙のせいか。タバコのせいで少し気分が悪くなった。わたしはタバコを窓から投げ捨てた。そういえば、お腹がすいていた。おしゃれなサンドイッチを持って来た。トリのもも肉、トマト、ロシアンサラダ、でもあそこにはあの女がいる。わたしは窓をしめ、食堂車を探した。

食堂車は満員だった。奇跡のように、たった一つだけ席が空いていた。感じのいい紳士のとなりに。彼はわたしを見て軽く腰を浮かし、ちょっとお辞儀した。

わたしは伏し目がちに、顔を赤らめながら席についた。レディーにふさわしいように、空腹は隠してスモールサラダを注文した。テーブルはとても小さかったから、皿と皿がぶつかった。椅子も近かったので、わたしたちはどうしてもお互いを見つめないわけにはいかなかった。彼はわたしに、ごゆっくり、と挨拶し、それが言葉を交わすきっかけになった。彼の名前はヨアヒム。顔のまわりにだけ白髪があった。社用旅行中だ、という。行く先はわたしと同じ町だった。もしかしたら、またお会いするかもしれませんね。

彼はすてきだった。丁寧で、チャーミングだった。フォト・コミックのロマンスストーリーの主人公みたい。吹き出しの科白もいっしょに切り抜いて、日記帳に貼付けたくなるような紳士。現実には存在しない男性。少なくともわたしの人生には。彼はわたしのためにコニャックを注文した。胃袋はあいかわらずかすかに鳴っていたんだけれど。彼の顔の表情が突然変わった時、わたしは振り返らなくても、事情が分かった。フーヴィーラーさんが近づいてきた。

あらまあここにいたのねちょっと聞きなさいよもう休みたいのよでも起こされるのはごめん

なのいっしょに来てよ。

女の声は食堂車中に響き渡った。まわりはシンとした。

彼女はわたしたちのテーブルの前に立ちはだかり、わたしをじろじろと探るように見つめた。

起こされたくないのよ、と彼女は繰り返した。あたしには睡眠がだいじなのまるきり健康ってわけじゃないしいいかげんに戻ってきてくれないとね後から戻ってこられるとあたし寝てられない起こされるのは迷惑なのよ。

彼女は意味ありげにわたしからヨアヒムに視線を移し、またわたしをじろりと見た。

ああそうこのためねあのすてきなネグリジェなるほどね、デブ女は喋り続けた。

恥ずかしさでいたたまれなくなり、わたしは立ち上がった。ヨアヒムは、わかってるよ、と声に出さずウィンクした。わたしはフーヴィーラーさんの後に従って食堂車を出た。人々の視線の矢がわたしの背中いっぱいに刺さった。わたしは前のめりによろめいた。

黙ったままコンパートメントに戻り、はしごをよじ上って上のベッドに行き、スカート、ジャケット、ブラウスを脱いで、一つ一つ丁寧にたたみ、ベッドの足元に重ねた。フーヴィーラーさんはゼイゼイ息をしながら、身体から衣服をはぎ取っていた。わめくように喋るのは途切れなかった。彼女の体臭がコンパートメントに充満し、衣服は一つずつ床に散った。どうしても我慢できなかった。窓を揺さぶってみたが、開かなかった。フーヴィーラーさんが新鮮な空気を入れるなんてことはなかった。わたしはベッドにもぐりこみ、しっかり目を閉じた。わたしは今ここにいないんだ、と思い込もうとした。その後も彼女はわたしを何度か起こした。列車の時刻を知りたかったり、ハンカチが見つからなかったり、わたしの雑誌をコメントしたり。ようやく彼女は眠った。あれほど喋り続けたのに、お休み、の一言もなかった。わたしは壁に顔を向け、自分の息を数えた。わたしは暗闇の中で目を見開いたまま、前方を睨み続けた。

彼女の重い呼吸は、いびきに変わった。ゴロゴロ鳴る、不規則ないびき。わたしの唇から奇妙な音がかすかに洩れた。わたしは一から一〇〇〇まで数え、また一〇〇〇から一まで数えた。それから毛布をはねのけ、静かに身を起こしてはしごを降りた。チラチラ動く光の中で、女の顔を見つめた。わたしの旅行をとことん邪魔し、睡眠まで奪った女。わたしはリザーブクッションを摑むと、彼女の顔に押し付けた。いびきが聞こえなくなるまで。その後はゆっくり眠った。

頼んでおいた時間に車掌が起こしに来た。顔を洗い、服を着て、髪を高く結い上げた。荷物を持ってコンパートメントを後にした。通路でヨアヒムに出あった。彼は親しみを込めてわたしに微笑んだ。

同室の方はまだ寝ておられる?

ええ、もっと先まで行くようです。

列車は駅に滑り込んだ。ヨアヒムは汽車が完全に止まる前に、丁寧な別れの挨拶をして去った。急いでいるから。でも、後でわたしのホテルに電話してくれる約束。

彼は守らなかった。

第七天国

わたしは第七天国に住んでいる。

もちろん、第七階に住んでいるだけだが、七階、ではあまり響きが良くないし、わたしの住まいにもぴったりしない。住まい、といっても、正直に言えば部屋、というほうがふさわしい。九平方メートルだけの広さ、というより狭さだし、ダストシュートに面した小さい窓が一つあるだけだから。トイレは廊下だ。こんな部屋はもちろん、しかるべきレディーの環境ではない。本当のところ、この部屋を初めて見たとき、自分でもショックだった。でもあの当時、わたしには他に選択の余地はなかった。人間、どこにでも慣れるものだ。ここに住んで、もう一二年になる。ここ、第七天国に。

初めのうちは、トイレが一番の難関だった。夜、ガウンをひっかけて廊下に出て、薄暗い明かりのなかで鍵を探すのは大変だった。共有だから、誰かが使ってるんじゃないか、ずっと待たなくてはいけないんじゃないか、とか、この部屋には似つかわしくないエレガントなガウンや白鳥の羽付きの室内ばきを誰かに見つかるんじゃないか、とか絶えず恐れていた。わたしは便秘になった。夜中に目を覚まし、物音に耳を澄ませた。こんなふうには暮らしていけない。

どうしようもなかった。わたしは廊下やトイレはわたしの部屋付きなんだ、と思い込むことにした。うまくいった。それ以上は必要ない。気分が良くなり、胃腸の調子も回復した。トイレでロシアの小説を読むのを再開してからは。

これですべてが解決したはずだった。わたしは想像していたよりずっと長くこの部屋で過ごさなくてはいけないことにも、慣れてきていた。わたしには財力はごく僅かだったし、生活力もほとんどなかった。昔の暮らしの当然の帰結なんだけれど。そう、昔は、昔はね！

じきにわたしは同じ七階の住人たちとトラブルになった。屋根のすぐ下の七階には、部屋が八つある。わたしの部屋と同じようなのが。夜中にトイレに行きたい人間が八人。わたしはトイレでロシアの小説を読む。恐ろしい光景が繰り広げられた。トイレのドアを激しく叩く、ののしったり、わめいたりする。第七天国の住人たちは、上品な、とか教養ある、とかいう言葉は使わない。ののしる声を全身に浴びてトイレから飛び出し、怒り狂った目つきに追われて部屋に逃げ帰ったことも何度もある。荒っぽい、黒ずんだ男に腕を摑まれて大声で脅されたこともあった。わたしはショックで、気絶しそうになった！　身体をふりほどき、部屋に駆け込んでドアを後ろ手に閉じた。涙が溢れ出て、止まらなかった。突然すべてをはっきりと悟った。

わたしの、この惨めな境遇。汚くて、ぞっとするような、この小さな部屋。悲惨。

どういうふうにわたしがこの第七天国にたどりついたのか、話さなくては。

とっても簡単なこと。階段を上がってきたのだ。一つ、一つ、階をのぼって。

本当のことを言おう。わたしは最初からこの家で暮らしていたのだ。立派な、風格がある、古風なヴィラ。広々とした、非常に美しい、上品な玄関ホール。二階全部が主人家族のための住まいとして、しつらえられていた。もちろん無駄な部屋もいくつも。さまざまな様式と色調でアレンジされた、サロンもたくさんあった。主人の部屋、喫煙室、図書室は二つ、配膳室、更衣室、などなど。この素晴らしい住まいで、わたしは比較的ほとんど問題のない子供時代を過ごした。

三階には二世帯用に、かなり大きな住まいが二つ、作られていた。ロシアの外交官の息子、エルヴ・マクシモフ（本当にそういう名前だった！）と結婚したとき、わたしたちはそのうちの一つに住んだ。彼はウォトカに、わたしはロシアの小説にいれこんだので、残念だが子供には恵まれなかった。わたしはどっぽりとロシアの小説にはまりこんでしまい、小説を地でいってしまった。姉の子供たちの家庭教師に夢中になったのだ。姉は同じ階のもう一つの住まいに、家族と一緒に暮らしていた。あの家庭教師の名前はエミール……いやオイゲン、違う、ええと、あの若い男は……エドアルド？　エゴン？　エメリッヒ？

　思い出せない。本当に、もう覚えていない！　どっちにせよ、あの若い男はロマンチックで、すっきりしていて、教養があった。彼の手は、華奢で優しく、わたしの破滅のもとだった。ある日の午後、憎たらしい甥っ子たちがわたしたちを目撃した。とんでもないスキャンダルに大騒ぎになり、わたしは家族からしめだされた。エルヴ・マクシモフは侮辱され、怒りに満ちてパリへと旅立っていった。子供の時からの夢、タクシー運転手になるために。あれから後、わたしは彼を一度も見ていない。見ていないのは、わたしの嫁入り道具、小銭一枚も、だ。姉は子供たちが心を傷をつけられた代償だ、と言い張って、わたしの住まいを奪った。という次第で、わたしは路上に立つ身になった。

　あの、あまり楽しくない職業は、一週間以上は無理だった。ある晩わたしに声をかけたのは、父の古い友人だった。彼は驚愕のあまり、入れ歯を吐き出しそうになった。彼はわたしを「可哀想なお嬢ちゃん」と呼び、彼のクラブハウスに連れて行って食事でもてなしてくれた。わたしはまだ、良家の子女、という姿を保っていたから、クラブに入れたのだろう。非常に外交的で丁重な手をまわして、彼はわたしの家族に、わたしを許すこと、また屋敷の中に住まわせることを約束させた。わたしは家に戻った。ただし、今までの上の上の階に。

こうしてわたしは五階に作られていた、一般市民的な、でもきちんとした、かなり気持ちよい内装の三DKの住まいに入った。けれどこれをきっかけに、わたしは上の惨めな世界に足を踏み入れていたのだ。その差は階段一つではっきりしている。古風な玄関ホールから三階までは幅広い大理石の階段に赤い絨毯が敷かれているし、手すりもゴールド、丁寧に磨き上げられて、威風堂々としている。三階から五階までの階段は少し狭く、絨毯がないし、手すりの光り具合もやや鈍い。

その上には、狭くて斜めに曲がった木の階段があるだけだ。手すりも荒削りだし、ぶら下がっているのは裸電球。こういうふうに、人間は悟るのだ。自分がどこに居るのかを。ヴィラの中でも、社会の中でもすべて同じこと。

わたしが社会的没落をしていることに、父の古い友人はひどく同情し、毎夕のようにわたしの住まいに上って来た。彼は本心、苦しんでくれた。昔風の、貴族的騎士道精神で育った人だったから。彼は下にある父の図書室でたっぷり飲んだあと、言い訳にもならない口実を作って早めに暇乞いをし、みすぼらしさが増す階段を苦し気に這い上がって、ゼイゼイしながらわたしの腕に身を投げた。ある晩彼が発作に襲われたのは、驚くにあたらない。

この二つ目のスキャンダルは、最初のものよりひどかった。なにしろ今回の相手は「わたしたちのうちの一人」だったし、死者を出したのだから。愚かにもわたしは動転のあまり、死んだ彼に服を着せ、肘掛け椅子に無難な姿勢をとらせようとしてしまった。わたしはとんでもなく不器用だから、これで逆に殺人の容疑を受けることになった。わたしは逮捕され、刑務所の独房で二晩過ごした。父の友人の死は、ごく普通の自然死と解明された。

気の毒なことに両親は、わたしを精神治療施設へ送らざるをえなくなった。担当医は父の昔からの知人だったし、わたしのことも子供の時から知っていたから、なにも難しいことはなかった。彼は病院にわたしの経歴を要領よく報告し、わたしがこうなったのは無理もない、と看護の人々に信じさせることに成功した。この施設でわたしは二年過ごした。あそこは悪くはなかった。きれいな庭園があって、わたしは散歩したり、医者たちとふざけあったり、ロシアの小説を届けさせて読みふけったりした。でも二年間だれ一人訪れてくれなかった。わたしは最善を望んだだけ、わたしの家族とそして彼の家族の気持ちを傷つけまいとしたためにすべてが起きてしまったことを考えれば、わたしが受けた扱いは正当とは思えない。でも、正当とか正義なんて、いったい何だろう？　この頃から、わたしは消化器官障害になっていた。その後両親が列車事故で亡くなった。もちろんわたしは遺産相続から外されていた。けれど、責任感が少し残っていたのか、それとも良心が少々とがめたのか、親たちはわたしがこのヴィラに生涯暮らす権利を残してくれた。

こうしてわたしは第七天国にたどり着いた。一二年前のことだ。この間、姉は死んだ。早々と、しかも現実的に性に目覚めさせられた、と主張してわたしを恨み続けている、おぞましい甥どもがこの家を支配している。彼らは古典的ヴィラをすっかり改装して、中の住まいの数を増やした。ただ、上へ行けば行くほどみすぼらしくなる原理はそのままだ。七階には外国人の出稼ぎ労働者や、失業者、飲んだくれなどが住んでいる。それにわたし、下劣な叔母。この環境にわたしは案外早く慣れた。最初のうちこそいろいろあったが、わたしはこの忌まわしい状況をすべて無視して、下の豪華な階、ベル・エタージェに暮らしているつもりになることにした。とはいえキッチンなし、バスなし、絨毯なし、明かりなしの八つの部屋。ある程度の空想力は必要だった。七階の他の人たちを召使いとみなし、威厳を保つ。あの人たちはもちろんどうしようもない連中だ。でも、わたしに何ができるだろう？　別に多くを要求しているわけではない。彼らにわたしを「奥様」と呼ばせることにした。実際に「奥様」と言う人たちもいる。他の連中は、できれば「ふしだら女」とか、「くそババア」と言いたいのは、分かっている。

夜になるとわたしは廊下に出て、並んでいるドアを押して歩く。ロックされていなかったり、ただドアを閉じただけだったりした場合は、ドアが開く。もちろん、そうしょっちゅうではないが。わたしはドアの中に向かって咳払いし、お茶を持ってきておくれ、とか、キューリのサンドイッチをお願いよ、とか、服を着替えるのを手伝って、とか用事をいいつける。ほとんどの場合、ものすごい剣幕で怒鳴られたり、腕を摑まれて部屋から放り出されたりする。汚いマットレスの上にたどりつくのが、せいぜいだ。しばらく前のことだが、とても感じのいい中年女性がここに住んでいたことがある。あの女性はわたしの望みにすべて従ってくれた。わたしは遺言書に彼女の名前も書いたが、彼女はわたしより先に死んでしまった。

あまりに汚かったり、不躾けだったりした時は、わたしは彼らに復讐した。廊下に椅子を引っ張りだして、一日中そこに坐り続ける。彼らはわたしを乗り越えなくては部屋に着けない。毛布と魔法瓶と、ゴンチャロフの夢見る主人公オブローモフを抱きかかえて、トイレに籠ることもある。我慢できれば、何日も、だ。

第七天国の住人たちは、わたしに慣れた、と思う。もっとも、あの粗暴な黒い奴と生意気な女の子が、下の階の甥たちに文句を言い立てたらしい。

このまんま、っていうわけにはいかない。あのババアは消えて失せろ、と彼らは甥たちに訴えた。

甥たちは深刻な顔をしてうなずき、約束した。

ご心配なく。いなくなりますよ。

甥たちは、どういうつもりだったんだろう？　このヴィラにはこれより上の階はない。

それとも……屋根裏にわたしを監禁するんだろうか？

わたしの第一〇の殺人

電話して。この言葉が頭の中で響く。エコーがかかって。電話して、して、して。村の中央通りは死に絶えている。鉛のような熱さ。わたしはゆっくりと、同じテンポで前へ進む。

電話して。約束だよ。

通りのずっと向こう、下の方に電話ボックスが一つ、ポツンと立っている。毎日、少なくても四回はその前を通り過ぎた。どうということないふりをして。通り過ぎる度に、なんだか勝ったような気持ちだった。もう少しで理性を失いそうだった。こんな状態になったことは今までない。

気をつけて。わたしは歯をくいしばる。気をつけるのよ。

彼の名前はペーター。あのハイジの友達のペーターと同じ。わたしのペーターはわたしより一〇歳年下。二ヶ月前、とてもロマンチックな出会いだった。彼はわたしの家のベルを鳴らした。

色々な洗剤のアンケート調査だった。もう何年も、わたしは洗濯物は決まったクリーニング屋に出していた。それでも彼を家に招き入れた。

どうぞ掛けて。

彼はソファに坐って、アンケート用紙とメモ帳をリュックから取り出した。膝の上に広げて、わたしを待ち受けている。とても明るい、清潔な顔。透き通った瞳。くしゃくしゃした髪。どう見ても、お隣りさんの気持ちのよい少年。わたしは立ったまま、どうしていいか分からなかった。気持ちに反して、微笑み続けた。

洗濯物はもう何年もクリーニング屋を決めてあるの。ごめんなさいね。だから洗剤のことはあんまり分からなくて……でも……

がっかりして、彼の顔は少し曇った。

わたしは彼にコーヒーを勧めた。

彼の返事は待たず、キッチンに入ってコーヒーメーカーをセットし、カップをかちゃかちゃさせた。なんだかとても楽しくて、心が躍っていたけれど、落ち着いていた。この若者にコーヒーを出す以外のことは考えていなかった。

三年前、わたしはこの町に引っ越してきた。生まれ育った村から近い町。気持ちよいマンションを借り、これからずっと暮らすつもりで家具を揃えた。自立していたし、経済的にも安定していた。世間から身を引いて、本を読んだりして少しは教養を積むつもりだった。この生活はとても気に入っていた。今までになく満たされた暮らしだった。自分の人生を過ごしていたのだ。その時、彼が現れた。

コーヒーをお盆にのせて戻ってみると、彼はアンケート用紙やメモ帳をリュックにしまい、両手を膝の上で組んでいた。

ペーターっていうんです、と彼は言った。わたしはコーヒーカップに視線を集中した。沸き上がる微笑みを彼に悟られないために。

ペーター、とわたしは繰り返した。いい名前ね。

彼はわたしをじっと見つめた。

チョコレート、いかがですか？

いただくわ。

彼はリュックの中をかきまわして、食べかけのチョコレートをテーブルに置いた。ナッツ入りのミルクチョコ。わたしは一列折って、口に押し込んだ。そうしていっしょにコーヒーを飲んで、しばらくお喋りした。とても良い気分。時間のことは忘れていた。突然、彼が言った。

もう三時半です。結婚したいんです。

え、もう？　なに、なにを言ったの⁇

あなたと結婚したいんです。愛してるから。

わたしは跳び上がった。その拍子にテーブルにぶつかって、カップからコーヒーがこぼれた。

もう結構、とわたしはきつく言った。出て行って。

彼は立ち上がり、ドアに向かった。そうして、振り向いた。

本気なんです、と彼は柔らかく言い、立ち去った。

わたしはソファに全身をのせ、隅っこに丸くなり、ぼんやりしたまま、残りのチョコレートを食べた。心の底から動揺していた。

彼はわたしに花を送ってきた。カードも送ってきたし、電話もかけてきた。しまいには食事に誘った。初めのうちは断っていたけれど、とうとう承知した。わざわざお説教を準備して。クールな、理性的な、最終宣告。でも、いざとなるとお説教は忘れた。すてきな、明るい夕べ。わたしたちの気持ちはぴったりだった。一人が何かを言うと、もう一人は迷わず言うのだった。そう、それ。彼の言葉は楽しくて、どうしても笑ってしまう。とてもいい気持ち。魚の小骨を喉に詰まらせるまでは。わたしはむせ、ゼイゼイし、息を詰まらせ、白パンを喉に押し込んだ。何をしてもむだだった。ペーターは救急医を呼んでくれた。ずっとわたしの手を握って、いっしょに病院に行った。すべてが終わった時、彼はわたしにキスした。本気なんだ。

その二日後、わたしは休暇の旅に出た。逃げたのだ。他には表現しようがない。

わたしはどこか自分も知らない南の遠く離れたキャンプ場で、独り過ごした。ひどい熱さに苦しみ、蚊にも、まわりの人間たちにも、テニスの音にも苦しんだ。蟬の鳴き声さえ、神経にさわった。もの凄い熱さだったけれど、ほとんどの時間は自分のテントの中に坐って過ごした。何をするかも決められずに。わたしは古いミッキーマウスの漫画本をめくったり、ピンセットで脚のむだ毛を抜いたりした。心の中で時計が音をきざみ続けた。あと三週間と五日、あと三週間と四日、あと三週間と三日……毎日何度も村へ行って、飲み物やタバコや新聞を買った。通りの左側、村の入り口に、たった一つだけ電話ボックスが立っている。

だめ、だめ、だめ。

電話しちゃ、だめ。今日はだめ。今日は小銭がない。いや、あったとしても、電話しちゃ、だめ。そうやってわたしは一日、一日を送った。まるでアルコール依存症の人が一日、一日と我慢するように。彼に電話しちゃだめ。二度と会うことも、だめ。傷つきやすいわたしがやっと獲得した落ち着いた生活。それをあの若者に賭けられない。わたしを愛している、と言い張る彼に。ペーターはだめ。ペーター。なんて名前だろう！

そろそろ彼はわたしを忘れたんじゃないか、とそっと想像してみた。だめ。電話しちゃ、だめ。

一二日間が過ぎた。わたしは全身にかゆい吹き出物ができた。太陽アレルギーなのだ。一三日目にわたしは村へ行って、髪をブロンドに染めた。出来上がりはひどいものだ。その方がいい。その後も、数日苦しみ、自分の心と闘った。一七日目、わたしはとうとう降参した。電話しよう。彼に。今。すぐに。そう考えただけで大分気持ちが軽くなった。吹き出物はかゆくなくなったし、窓ガラスに映るブロンドの髪は太陽に金色に輝いていた。わたしは有り金全部をコインに換え、バッグに詰めて、村に向かった。

通りには真昼の熱気が満ちていた。村は静かだった。頭の中は何も動いてなかった。心臓が激しく鳴る。歩みとともに。大きな音を立てて、規則的に。バッグの中ではコインが響く。繰り返し、わたしは強く息を吸った。遠くからもう電話ボックスが太陽に光って見える。わたしに合図している。まるで心優しい別世界からの贈り物のように。わたしは電話ボックスにたどり着く直前だった。背後からもの凄い勢いで配送車がうなって、もう少しでわたしを轢きそうになり、タイヤが鋭くきしんで、電話ボックスの前、斜めに停車した。オレンジ色のアンダーシャツの太った若者が車から跳び降り、ボックスに飛び込んだ。彼は背中越しにドアを閉める。オレンジ色のシャツがズボンからはみ出ている背中。わたしは何がなんだか分からなかった。信じられなかった。やっと、やっと彼に電話して悩みから解放される決心をした今、一刻も待てなかった。たった一分でも。わたしはボックスに近づき、ドアを叩いた。男はわたしに全然気づかないようだった。思い切ってドアを開けた。

大急ぎで電話しなくちゃいけないのよ、わたしはボックスの中へ叫んだ。

男は振り返ろうともせず、わたしの手からドアをもぎとり、強く閉じた。ガッチリして大汗をかいた若者。見るからに怒っていた。配送車のドアは開けっ放し、エンジンもかかったまま道路の真ん中にあった。ボックスの中の彼がコインを山のように盛り上げ、大きさごとに分けて並べているのが見えた。通話は長くなる。我慢できない長さに。わたしは完全に混乱した。

三度も四度も、わたしはボックスのまわりをぐるぐるまわった。歯を噛み締めながら。男は全く気にかけず、大声で電話している。どうやら、母親と話しているらしい。

わたしは配送車に乗り込んで、クラクションを何度も鳴らした。男はこっちを見ると、げんこつを振り上げて脅した。そうしてまた電話に向かってわめき続けた。

信じられないだろ、ママ。彼は叫んでいた。

わたしは車のドアを閉め、少しバックし、それから電話ボックスめがけて思い切りアクセルを踏んだ。男はこっちを見た。遅すぎた。巨大な残骸の中の大きなオレンジ色のしみがバックミラーに映った。曲がった金属棒が、ひっくり返ったカブト虫の足のように空中に突き出ていた。わたしはバックミラーを少し動かして、口紅がちゃんとしているかどうか、チェックした。唇を何度かきゅっと合わせて、車を走らせ続けた。

その日、わたしはずっと走り続け、夜になっても走った。朝四時頃、家に戻った。わたしのマンションのドアを開けた時、電話が鳴っているのが聞こえた。

バラの花束

白いバラへの情熱が身の破滅のもとだった。わたしは白いバラが大好き。レースがついて胸が大きくあいたドレスが大好き、シャンパンと感動の涙が大好き。つまり、わたしは何度も結婚式をやり過ぎた。でも、だからって？

好きなだけ結婚しちゃ、いけないの？　エリザベス・テーラーは確か七回か八回結婚したはず。そのうち二回は同じ相手と。でも、それは別の話。わたしはたった二回結婚しただけ。わたしとリズ・テーラーの違うところは、結婚生活を次々、じゃなくて、同時にしたこと。こういうのを他人は結婚詐欺、っていう。刑罰の対象になるらしい。

最初の時は、わたしはとっても若かった。二〇歳にもなっていなかったのだ。トニーとわたしは小さな子供のころからの知り合いだった。同い年、同じ通りに住んでいた男の子だった。学校では彼はわたしの後ろの席だった。彼はわたしに鉛筆を投げつけ、髪の毛を引っ張った。一〇歳の誕生日の時、わたしに青いガラスのリングを贈ってくれた。自動販売機で売っているガムのプラスチックケース玉に入れて。あの日に、わたしたちが結婚することが決まった。

可愛いカップルね、と皆が言った。わたしたちも本当に幸せだった。素晴らしい結婚式だった。村の広場で三〇〇人もの人たちが踊り、わたしはプリンセス・アンの花嫁衣装のコピーを着た。母は泣いたし、彼の母親も泣いた。みんな酔っぱらっていた。次の朝わたしは早く目覚めた。わたしはトニーと並んでベッドに寝ていた。あのベッドの代金はまだ払い終わっていなかったけれど。わたしは彼の寝息を聞いていた。あーあ、終わってしまった。何年も結婚式を楽しみにしていたのに。慌ただしく、あっという間に終わってしまった。ぐっすり寝ているトニーの顔はいっそう子供っぽく見えた。わたしは新婚旅行を楽しみにすることにした。四日間のベニス旅行。それがあの頃のお決まりだった。

トニーは叔父さんの文房具屋を引き継いだ。店は中央通り、駅の真後ろにあった。店の上の二つの階にわたしたちは住んだ。わたしにとっては、とても都合がよかった。店番をするのが好きだったし、特に土曜日には店が忙しかったから、喜んで手伝った。隙を見つけると上に上がって、子供たちの世話をした。子供は三人。スザンネ、ミヒャエル、それにバルバラ。義母が七〇歳になった時、店にいいお祝いカードがなかったので、わたしは手作りした。次の朝、二人のお客さんがそういうカードを買いにきた。それでわたしは、いろいろなプレゼントカードを作り始めた。わたしが描いた絵カードはけっこう評判がよかった。昔のピアノの先生が、これを出版社に持ち込んだら、と勧めてくれた。シリーズで印刷してくれるかもしれないよ。

わたしはなんだかこそばゆかった。でも、出版社に電話する勇気がなかった。数週間してもわたしが何もしなかったので、ピアノの先生はしびれを切らして、わたしのためにアポイントメントをとりつけた。これが町へ出て、エーリックと知り合いになるきっかけだった。

冷たくて陰気な一月のある日だった。バルバラが生まれて間もなくだったから、わたしは蒼白い顔をして、疲れていた。汽車のなかで何度も何度もカード原画をめくって、我ながらひどい、と思っていた。キッチュだし、俗っぽくて、下手くそだった。汽車が駅に着いた時、できるならこのまま坐っていて、すぐに村へ帰りたかった。こわかった。町へ出てくるのも久しぶりだったので、出版社に行くのに、道に迷ってしまった。イライラで一杯になった。絵がまずいだけじゃなく、とんでもない大遅刻だった。

疲れ果ててようやく出版社の建物にたどり着いた。大声で泣きわめくか、逃げ出しそうになっていた。エーリックは彼のオフィスで待っていた。彼はわたしの倍くらいの年に見えた。瞳は髪の毛と同じ、灰色だった。彼は眼鏡の上半分からわたしをしげしげと見つめた。わたしはソファに腰を下ろしたが、すぐに立ち上がって歩き出しそうになった。エーリックはもう一度わたしを鋭く見つめ、わたしの謝罪の言葉を手で振り払って、カード原画をめくりはじめた。素晴らしい、とても独創的だね、と彼は言った。

これは絶対売れるよ、と彼は興奮して言った。食事に招待していいかな？　四ヶ月後、わたしたちは結婚した。今度の結婚式は全然違っていた。わたしたちは役所で結婚した。わたしは頭に花の冠を飾った。ロミー・シュナイダーみたいに。彼の両親は出席しなかった。もう生きていなかったから。わたしの両親はもちろん来ない。役所の戸籍係にはエーリックの友人たちばかりやって来た。皆、相当酔っぱらって。友人たちは熊ちゃんのグミやポップコーンをまき散らし、シャンパンの泡を溢れさせた。泣いていたのは、わたしだけだった。わたしは結婚式が大好きなんだもの。式の後、エーリックは全員をレストランに招待した。そういうやり方が流行だった。彼はこの辺りの人みんなと知り合いだった。他の結婚式の祝いに来ていた人たちまでやって来たほどだった。大騒ぎで、楽しくて、皆飲みまくった。話し声、笑い声が響き、ダンスをする人たちもいた。新婚旅行は諦めなくてはならなかった。

月、火、水曜はわたしはエーリックと過ごした。町の真ん中の素敵なマンション。最上階で、室内に壁なんかない、広々としたおしゃれなマンション。トニーには、出版社から高給で雇われたの、と説明した。トニーは喜んでくれた。村のスーパーでもカードや便箋なんかも売るようになってからは、文房具屋の経営は厳しくなってきていたから。片道二時間の列車通勤が難しいことは、トニーも分かってくれた。だからわたしが町で外泊するのももちろん認めた。木曜、金曜、土曜はわたしはトニーと三人の子供たちと過ごした。日曜日はできるだけ両方に公平に分けた。エーリックには、田舎のアトリエのほうが仕事がはかどるから、と納得させた。本当は、わたしは汽車の中で仕事をした。わたしの仕事はどんどん評判を上げて、実際に稼げるまでになっていた。

週に三日は、子供の時からいつも夢見ていたような生活を送った。生まれ育った村で、満足している主婦、幸せな母親。村人はお互いにみんな知り合いだから、道で会えば必ず挨拶する。ずっと愛してる夫、わたしが背中をマッサージしてあげるととても喜ぶし、料理の腕も褒めてくれる。子供たちと凧揚げしたり、部屋いっぱいに鉄道模型のレールを敷いて一緒に遊ぶ夫。

週に三日はエーリックと暮らした。彼はわたしの画才を認めてくれたし、夜通し議論したり、お芝居や映画やバーに連れて行ってくれた。それまで知らなかったたくさんの世界に彼は導いてくれた。二つの生活はまったく別物だったから、一方で暮らしている間はわたしはもう一方は完全に忘れていた。幸せな時を過ごしていたのに、破滅は突然やって来た。七年後に。白いバラのせいだ。

あれはわたしの三〇歳の誕生日だった。二人とも、トニーもエーリックも、わたしの誕生日をよく忘れた。だからわたしはあの日の夕方、ちょっとした反抗心から女友達と食事にでかけた。汽車で何度か顔を合わせるうちに話すようになった女性だ。ヒルデガルトなんて古風な名前だったが、本人はそんなことはない。お互いプライベートなことは知らなかった。で、あの晩、わたしたちは大いに楽しんだ。女友達もいいものだ。おいしいものをたっぷり飲んだり食べたりした後、わたしたちはダンスに繰り出した。ダンスなんて、何年ぶりだったろう。トニーもエーリックもダンスができなかったし、わたしは自分でもダンス好きだったことを忘れていた。明け方近く、わたしたちは最後のタバコを吸い終わった。二人とも完全に酔っぱらって、朦朧としながらタクシーを止めた。突然わたしは、今どっちの家に行くべきなのか、わからなくなった。しかたないので、彼女の家で寝た。ヒルデガルトの部屋で。

次の日、男たち二人はやっと良心がとがめた。はじめに気づいたのはトニーだった。木曜日だったから、朝早い汽車でわたしが戻らないので、心配したのだ。エーリックのほうは、お昼頃になってようやく、わたしの誕生日を忘れていたことを思い出した。彼はあわてて白いバラを三〇本買い込んで、それまでの暗黙の了解、アトリエに訪ねてこない、という約束を初めて破った。言い訳の科白を暗記しながら彼は汽車に乗ってしまった。彼がわたしたちの村の駅で降りた時、プラットフォームにはトニーが立っていた。バラの花束を手にして。三〇本の白いバラ。二人ともわたしの良い理解者。男たちは互いを、白いバラの花束を見たとたん、真実を感じ取ってしまった。げんこつが彼らの最初の挨拶だった。でも、まだ二人とも信じていたわけではない。素晴らしく美しいバラの花束が二つ、粉々に飛び散った。殴り合いが続き、その後は離婚が二件、刑罰が一件。事件のかたがつくまで、わたしはヒルデガルトのもとに身を寄せた。できることなら彼女と結婚したかった。でも、許されない。残念だ。わたしはチャールズ皇太子とレディー・ダイアナの結婚式の写真を週刊誌から切り取って、メモ帳にはさんだ。メランコリックな微笑みも一緒に。

なんてきれいな花嫁のドレス……

わたしの第一一の殺人

今、あなたはほとんどすべてを知っている。当たり前だけど、まだ全部じゃない。はっきりしない闇もある。でも、わたしたちは始めたばかり。精神分析医にしてみれば、三ヶ月なんか、どうだっていうの？　何の意味もない。

精神科医に恋をするのは避けられない、っていう話はよく聞く。わたしの場合は、逆だ。精神分析医がわたしに恋をしたのだ。その上、わたしは患者じゃない。わたしは彼の掃除婦なだけ。今もそうだけど。

この町には、若くして成功を収めた勝ち組男性がたくさん住んでいる。彼らにとっては、掃除婦をやとうのもスティタスの一つだ。ただし、貧しいポルトガル女性、子供を一二人もかかえている母親、字もろくに読めない女性、などというのはお断り、だ。そのくせ、彼らは家事は大嫌い。こういう連中から見たら、わたしはまさしくうってつけだった。年齢も彼らとだいたい同じだし、「別に必要ない」けど「好きで働いている」だけ、のように見えたから。実際わたしは家事が嫌いではなかった。お金もたっぷり稼げた。彼らは良心のとがめに金を出しているのだ。成功した芸術家、広告マン、歯医者、ジャーナリストたち。面白い人たちだ。精神科医もこのグループに混ざっている。彼らと直接顔をあわせることは、そんなにない。でも、たまにワインをごちそうしてくれたり、本を貸してくれたり、自分が行けない芝居の切符をくれたりする。パーティに誘われたこともある。もちろんわたしは全て断った。時には、「どうしてあなたがこの仕事を……あなたなら……」と尋ねる人も何人かいた。

わたしの答えは決まっていた。「べつに。いいでしょ。」すると彼らはホッとした気持ちを隠せなかった。

精神分析医は夕方にした。つまり、彼の住まいの掃除を、だ。患者たちが帰った後に。彼は自宅で診察していたから。月曜日と木曜日、夕方七時から九時まで。三ヶ月前まで、彼とは直接会ったことはほとんどなかった。彼はいつも小さな紙切れに指示のメモを残して、外出していた。とっても読みにくい字。小さなお菓子の箱が添えてあったこともある。あの日の夕方、彼は家にいた。病気だったのだ。でもわたしはすぐには気づかなかった。いつも通り、わたしはまずテレビのスイッチを入れ、冷蔵庫から飲み物を取り出してから、仕事を始めた。テレビではフィットネスの体操をやっていた。わたしはいっしょに手足を動かした。なかなかいい。ハイ、一、二、三。一、二、三。もう一度一、二……わたしは両足をかわりばんこに高くあげた。

家具の埃を拭いながら。精神分析医のマンションは好きだった。ゆったりしていて、明るくて、掃除しやすかった。家具は少しだけ。窓がたくさんあって、町の家並みの屋根が見渡せた。窓ガラス磨きは最初から断っていた。

窓は高すぎて、パニックになってしまいますから、とわたしは断った。分析医は理解があるところを示して、それで結構、とうなずいた。こちらの思惑通り。彼は窓ガラスクリーニングは専門業者に依頼した。高い費用を払って。おかげでわたしはたいして働く必要がなくなった。テレビの体操はスクワットになった。ウキウキする。邪魔なスカートを腰から滑り落として、足の指先で部屋の隅へ飛ばした。フォトモデルみたい？

スクワット、一、二、三。合間合間にわたしはワインをチビチビすすった。冷蔵庫にあった高級白ワイン。でも、怠けていたわけじゃない。この住まいをいつもきちんと管理していたのだから。もっとも、やろうと思えばもっと短い時間でもできたけれど。せかされるのは嫌。わたしには、わたしのリズムがある。雇い主たちはみんな年齢の割には若々しいし、独創的な人たちだから、理解してくれるはずだ。それを知っていれば、の話。

次は腕立て伏せ。わたしはブラウスを脱いで、腹這いになった。腕立て伏せは得意じゃない。

三回か四回で諦めた。ハアハアしながら、柔らかな絨毯に身体を投げ出して目を閉じた。息をするたびに絨毯の毛が鼻をくすぐる。ゴロンと寝返りを打って、あおむけになった。テレビのフィットネス体操のメロディーを口ずさむ。いかにも軽快な、リズミカルなメロディー。気分爽快だ。わたしは両脚を高くあげて、ろうそくのポーズをとった。その時、彼が見えた。ドア枠のところに立っている。蒼白い顔、ボサボサの髪。汗ぐっしょりのパジャマは半分だけ。生まれて初めてわたしを見るみたいに、彼はわたしを凝視していた。不愉快だ、と思っている顔つきではない。わたしはやっと気づいた。彼は病気で、家で寝ていたのだ。わたしはころがるように跳び上がって、服を集めた。

ベッドでお休みになっていてください、とわたしは穏やかに言った。

彼の方は見ないで、急いで服を着た。彼は何も言わずに浴室に消えた。わたしはまた仕事にかかった。別に恥ずかしいことなんてない。どうしてそんな必要があるっていうの？　日本では仕事の合間に体操をやらせるって、いうじゃないの。日本人は世界で一番良く働く、っていうのもみんな知ってること。

この日、仕事を終えて帰る時、ベッドの彼に紅茶を持っていった。かなり悪そうだ。お医者さんを呼びましょうか、と言うと、彼は頭を振った。そうして手をこちらにさしのべた。わたしは後ずさりした。彼の手は掛布団の上に落ちた。真っ白な手。わたしは外に出た。次の仕事日に行ってみると、彼の症状はかなり良くなっていた。彼はわたしを待っていた。テーブルに白ワインのびんが一本。それにグラスが二つと灰皿。彼はタバコは吸わない。だからわたしはいつも十分注意して、換気していたつもりだった。どうも無駄だったらしい。彼の観察眼は鋭い。職業柄だ。わたしは微笑んで、そっと椅子のはじに腰をおろし、待った。何をしようというのだろう？　彼はわたしを分析したいのだ。それ以外ない。

なぜです？　わたしは聞いた。

彼は肩をすくめる。

いいでしょう？　とても興味があります。

結構。いいわ。

事務的な調子で彼はわたしに説明した。精神分析の診察料を、ほんのしるしだけ払って欲しい、わたしが本気になるように、それに彼の職業の基本だから。

わたしは承知した。彼が告げた診察料は、わたしにはとてもしるしだけ、とは思えなかったが、承諾した。最初の診察は、火曜日の朝、八時から一時間に決まった。八時なんて、わたしには早すぎるけれど、黙っていた。彼がどこまでやるのか、好奇心をそそられたから。この男が何を望んでいるのか、わたしにははっきり分かっていた。彼はわたしを欲しいのだ。心の診察なんて回り道をして。

彼が寝椅子として使っている、固くて平らな革張りのベッドに最初に体を横たえた時、なんだか不安になった。彼は足元の椅子に腰かけている。椅子はベッドと直角になるように置いてある。彼を見るには、頭を持ち上げなくてはならない。わたしは両手をぴったり身体にくっつけて、イライラと爪でベッドのレザーを引っ掻いた。

それじゃ、何を話せばいいんですか？

本当は、でたらめに子供時代の話をでっちあげて話すつもりだった。自分の本当の子供時代のことじゃなく。あたりまえだけど。彼が聞きたいような話を。でも、この平らなベッドに横たわったら、何にも思いつかなかった。しかたなく、これから掃除しにいく女性ジャーナリストの部屋の話をした。彼女はまだ若い。自宅で仕事しなくてはいけないことも多い。自分がいて掃除の邪魔になる、と彼女はわたしに謝って、たっぷり礼金をくれた。良心を鎮めるために。

診察時間は終わりました、と彼が言った。

当てが外れたような、ピタッと来ない気持ちで、わたしは立ち上がった。彼はドアまで送ってきた。彼のまなざしにだけ本心がバレている。

次の診察時間、彼を挑発してみた。わたしは左の脚を持ち上げ、また伸ばした。何度も。ゆっくりと。脚を曲げたり伸ばしたりする度に、スカートが上にずれた。彼は動揺しなかった。顔は見えなかったけれど。脚が熱くなったのは、彼の視線のせいかどうか。だんだんにわたしは診察に慣れてきた。その瞬間に頭に浮かんだことを話すようになった。彼は静かに聞いていただけ。それ以上は要求しなかった。ただ、わたしが部屋に入る時と出る時のようすで、彼の気持ちは分かった。時にはおいしい目をみさせてあげた。動物に砂糖のかけらを与えるみたいに。わたしの秘密を。それで彼が喜んだかどうかは、分からなかった。自分を彼に与えてしまったことに気づいた時は、もう遅かった。

ある日彼は診察後、何も言わずに大きな黄色い封筒をくれた。女性ジャーナリストの家に向かうバスに乗ってから、少し気になって封筒を開けてみた。中にはコピーがたくさん入っていた。

古い新聞記事のコピー。不幸な事件や犯罪の調査の記事。フランス語女教師の事件を精神分析医は掘り起こしていた。林道労働者たち、ヌンチウス、アルミン、フーヴィーラーさん……。

これは単なるプレゼントです。決して脅迫だなんて考えないで下さい。最後のコピー紙の隅に彼の手書きの文字があった。

わたしはコピー紙を全部、女性ジャーナリストの家にあったシュレッダーにかけた。わたしは彼を理解していたのだ。最初っから。彼がどれだけやるのか、知りたかっただけ。今、はっきりした。

でもね、先生。あなた、お忘れになってますよ。わたしは今でもあなたの掃除婦なんです。昨日もお掃除しました。いつも通り、ピカピカに。浴室も。昨日の晩、歯磨きの味がちょっと変わっているのに、お気づきになりませんでしたか？　それとも、今朝は？　何にもおっしゃいませんね、先生。お加減でも悪いんですか？

訳者あとがき

「誰かを愛したい」、「誰かに愛されたい」、というのは文学や芸術の永遠のテーマ。時代が違っても、国が変わっても、「愛」をテーマにした数限りない作品が描かれてきた。人種や性や年齢や社会的立場や地位が異なっても登場人物たちは「本物の愛」を求め、絶望や破滅の道を突き進んだり、時には至福のひと時を味わったりする。フィクションの世界だけではない。でも、現実に日々を過ごしている私たちにとっても、「愛」は生きることと同じ重さを持っている。

「本当の愛」って？

『わたしのハートブレイク・ストーリーと一一の殺人』でミレーナ・モーザーが描く女性たちは、真剣に、本気で愛を求め、相手に自分を差し出す。時には自分でも気づきながら、時には本能のおもむくままに。彼女たちは繊細で傷つきやすい。でも大胆で、純粋な愛のためならどんなことだってていとわない。

リスのぬいぐるみと恋人への悩みを抱えるごく幼い少女、鬱屈した復讐心を募らせるティーン、相手に届かない片思いや思い込みに苛まれる若い女性、自意識過剰だと頭では分かっているのに自分ではコントロールできない若く未熟な人間、表面的には幸せなのに自分の心の中で溢れる不安と恐怖、自分に正直に生きているだけなのに社会や家族から奇人、変人の烙印を押されて没落してしまう存在、伝統的良妻賢母の主婦もキャリアウーマンも同時に欲した女性など、登場人物たちは読者の心の奥底に潜むさまざまな可能性の群像の断片でもある。

ただ、「愛」には自己肯定の追求と、相手との同化欲求という相反する欲望が同時に内在する。だから、自己存在の確認をあくまで突き詰める一方、愛する相手との完全な融合・同化を短絡的に追い求めてしまうと、結局は破滅せざるを得ない。この作品の人物たちに限らず、多くの恋愛作品で愛と殺人が表裏一体として描かれるのも愛がもつ本質のためであろう。

作者ミレーナ・モーザーは、一九六三年、スイスのチューリヒ生まれ。父は作家、母は精神科医という環境で育ったが、本人は学校生活になじめなかった。二十代初めから積極的に文学の創作活動に従事するが、最初の結婚相手と作った小さな同人雑誌に発表する以外、長い間どの出版社からも相手にされなかった。一九九〇年、彼女の才能を惜しむ友人たちがチューリヒに出版社を設立して、本作『わたしのハートブレイク・ストーリーと十一の殺人』を世に出してくれた。この作品の成功によって、翌年には長編小説『掃除婦の島』を発表した。若い掃除婦がいわゆる模範的家庭の化けの皮をはがし、弱者とともに新しい世界へ跳躍するこの作品で、モーザーは作家としての地位を確保し、ベストセラー作家の仲間入りを果たした。以後現在に至るまで数々の小説やコラム、放送劇などの発表や、新人のための文学ワークショップの開催など幅広く活躍を続け、年齢や性別を越えた多くの愛読者層を獲得している。

本作はミレーナ・モーザーのいわば処女作だが、中心テーマの「愛と自我探求」だけでなく、後年展開されている社会批判や、既存の価値観や通念に対する挑戦の要素も既に内包されている。しかも、その後の全作品も含めてモーザーの世界には、共通してユーモアと生命力が溢れている。この点も読者の共感を呼ぶ理由の一つであろう。この前向きのエネルギーは、彼女自身の自然児のような自由でとらわれない性情や、現実の日常生活でも自分流を通す態度からにじみ出ているように見える。

なお、本書の出版に際しては、鳥影社の樋口至宏氏に多大の御教示と忍耐強い御支援を頂きました。ここに改めて、心から厚く御礼申し上げます。

（大串紀代子）

著者紹介

ミレーナ・モーザー（Milena Moser）

1963年スイスのチューリヒ生まれ。作家。
『だらだらヨガ』（2006年）、『本当の人生』（2013年）、『幸せはいつも別の顔』（2015年）、『青い山脈の背後』（2017年）など著書多数。

訳者紹介

大串紀代子（おおぐし・きよこ）

ドイツ語圏近・現代文学、文化人類学専攻。
獨協大学名誉教授。
論文：「スイスの民間習俗」（『段丘』18号、英報企画、2015年）、「カール・シュピッテラー」（『段丘』19号、英報企画、2016年）他。
著訳書：『スイスの歴史』（共訳、明石書店、2010年）、『小さな国の多様な世界』（共著、鳥影社、2017年）他。

わたしのハートブレイク・ストーリーと一一の殺人
――殺しちゃう。愛しているから

二〇一八年 九 月二〇日初版第一刷印刷
二〇一八年一〇月一〇日初版第一刷発行
定価（本体一五〇〇円＋税）

著者 ミレーナ・モーザー
訳者 大串紀代子
発行者 樋口至宏
発行所 鳥影社・ロゴス企画
長野県諏訪市四賀二二九―一（編集室）
電話 〇二六六―五三―二九〇三
東京都新宿区西新宿三―五―一二―7F
電話 〇三―五九四八―六四七〇
印刷 モリモト印刷
製本 高地製本

ISBN 978-4-86265-699-5 C0097